孤光

婉瑜 著

重慶出版社

图书在版编目（CIP）数据

孤光 / 婉瑜著. -- 重庆：重庆出版社，2025. 1.
（2025. 6重印）ISBN 978-7-229-19557-1

Ⅰ. I247.5

中国国家版本馆CIP数据核字第2025S0473U号

孤光
GU GUANG
婉 瑜 著

责任编辑：卢玫诗　冯　静
责任校对：李小君
装帧设计：何海林

重庆出版社 出版
重庆市南岸区南滨路162号1幢　邮政编码：400061　http://www.cqph.com
重庆诚迈文化传媒有限责任公司制版
重庆天旭印务有限责任公司印刷
重庆出版社有限责任公司发行
邮购电话：023-61520656
全国新华书店经销

开本：889mm×1194mm　1/32　印张：9.375　字数：180千
2025年2月第1版　2025年6月第2次印刷
ISBN 978-7-229-19557-1
定价：58.00元

如有印装质量问题，请向重庆出版社有限责任公司调换：023-61520678

版权所有　侵权必究

自　序

我的一个姨妈常对别人说,"我从不看谍战剧,因为我们家族的故事远比那些谍战剧精彩"。

的确,谍战剧中的许多故事、人物、桥段曾经真实地在外公的大家族中上演——相亲相爱血浓于水的一家人却上演着无间道,选择了不同的政治信仰和道路,带着面具,相爱又相杀,相互欺骗又饱含真情。说这话的姨妈有一个癖好,她在全国各地和海外探亲访友时,总爱缠着那些有故事的长辈讲那些惊心动魄的过往,还做好记录,说这就是记录历史,万一哪天哪个孩子要把它写成书呢。

我当然也是听着这些家族故事长大的。妈妈家是个大家族,人丁兴旺,遍布各地,大家情深义重,交往和聚会频繁,在我儿时的记忆里,家庭聚会就像故事会。跟那位姨妈相反,我的妈妈痴迷于谍战剧,而且"走火入魔"到看电视只看谍战,以至我很长时间也是这样。我和妈妈一起追剧时,她总是会给我讲很多延伸的故事和历史。

所以我看谍战剧与别人有些不同,好像在跟自己的亲人长辈隔着时空对话,也想着如果生活在那个年代,我会成为谁?

我会像外公辈和曾外公辈一样去日本和美国留学,探求救国图存道路吗?或是去法国?不过我最想像一个姨妈一样与家庭决裂奔赴延安。也可能像一个姑姥姥一样潜伏在国家和党组织更需要她的白色恐怖之地,还可能像一个小外公一样身在曹营心在汉,早已经被妹妹策反,专门坑爹坑叔叔坑兄长……

我总向往那个年代,向往那个年代的激情、热血、信仰、坚贞、忠诚……

斗智斗勇的烧脑较量和悬疑紧张刺激的情节每个时代都有,而至情至性的家国情怀、至真至纯的坚贞信仰似乎只在那个年代,在中共隐蔽战线才纵情绽放,连同让位于信仰的爱情,都更加催人泪下、美好高洁。

我爱看谍战,爱看乱世之中的深情。爱情、友情、家国情,都爱到极致,包括遗憾,一切都是美的。

这也是我后来选择学习法律的原因,至情至性又隐忍克制,像极了山峰般威严的法律,看似冰冷机械的法条,其实是对人对生命最好的尊重和保护。法律的理性、缜密、严谨,也是一名优秀间谍应具有的品质,冷眼热血、滴水不漏。

我在写博士毕业论文的那两年，晚上依然会追谍战剧，那份快乐、自由、恣意，抵消了写博士论文的枯燥和痛苦，也是在那个时候，我有了创作一部谍战剧的念头。博士论文十多万字都写出来了，难道还写不出一部小说，当时的想法就是这么天真。

而由念头到行动是2013的春节，我从姨妈家拿走了几大本她做的笔记，然后一连几天一个人晒着太阳慵懒地阅读着，读着读着，一些人物就活灵活现地走了出来，不仅有我的亲人，还有他们的爱人、朋友、同志和对手。笔记中的故事和桥段，以及那些年看过的优秀谍战剧《暗算》《潜伏》《黎明之前》《悬崖》等持续激发的多巴胺和内啡肽的作用，还有亲人们的鼓励，让我真正开始了谍战小说的创作。

于是，我给自己制定了一个阅读计划，先读100本相关书籍，等脑子里装满了那段历史、人物和故事，等到灵感像打开了水龙头，水自己要流出来的时候再创作。不新颖，不好看，不能打动自己的东西，我自己都没兴趣写。于我而言，这部作品在抵达读者之前首先要过自己和家人这一关，而要让在这方面毒眼毒舌的自己和长辈们喜欢，可真不容易。

结果这些年我至少读了120本以上关于二战、中国近代史、中国抗战、中共党史、隐蔽战线人物与史实等方面的书籍，甚至还有英文版和日文版，写下了6本读书笔记。

2019年我决定先创作一部法治题材小说《芯战》练手，这是我熟悉的法律战商战领域，写起来还算得心应手。该书因为直面国人最为关注的中美芯片战和知识产权战，2021年一面世便受到市场追捧，在当当的新书榜上连续霸榜都市题材类第一名达一月有余，很快北京一个影视公司买走了剧集版权筹拍电视剧。

其间，我也没放下我的谍战小说计划。执着于超长发酵才能酿出好酒，我一边趁热打铁创作《芯战》的续集，一边继续酝酿着。到了2023春节的某天，我突然发现两年后的2025年就是中国人民抗日战争暨世界反法西斯战争胜利80周年了，那一刻，我突然有了惊慌失措之感，不能错过这个具有重要意义的日子！还有比以这个创作作为80周年献礼，致敬伟大的抗战精神，致敬中共隐蔽战线，致敬抗战时期的中共南方局及红岩精神更有意义的吗？我连忙放下手上已写得差不多的《芯战》续集，正式启动了心心念念的谍战小说的写作，好在这些年它从没有远离过我，十余年的持续积累和思考，主题、标题、人物、故事……在我按下启动键之后就从我的身体里走了出来。

我给小说取名为《孤光》，它出自南宋词人张孝祥的《念奴娇·过洞庭》。"孤光自照，肝胆皆冰雪"，是我喜欢的男女主角——中共隐蔽战线的革命者的人格写照。小说讲述1943年盟军酝酿大反攻前夜，中日双方在间谍之都上海起用王牌特工展开大战之前的间谍与反间谍战，卧底在日伪高层的中共党员舍生忘死与敌人斗智斗勇，赢得胜利，为中国人民的抗日战争和世界反法西斯战争做出了重大贡献。

整个创作过程如有神助，一气呵成，甚至有时我纠结的问题，也会在梦中得到豁然开朗的解决，唯一遗憾的是时间紧迫，必须在今年的3月前交稿才能赶上80周年，于是有些人物和故事还没能如愿的展开。好在已经有一家我非常喜欢和信任的头部平台向我伸出了橄榄枝，表示虽然看过和拍过很多谍战剧，但还是被《孤光》惊艳了，他们将购买这本小说的版权开发成电视连续剧，还有重庆一个文化传媒公司也一眼看中我同时完成的同名电影剧本想拍成电影，目前已完成电影备案立项。所以我想我能够在以后影视剧的改编中弥补这个遗憾，也希望手捧这本小说的您，爱看谍战剧的您，能通过13628475105添加微信或通过邮箱 guguang-wanyu@qq.com 和我交流，告诉我您希望在以后的剧中看到怎样的他们。

对于《孤光》，我可以做三点剧透：

第一，新颖与真实。无论人物和故事都非常新颖，让你眼前一亮，然而却又高度真实，是在浩瀚的史海里打捞的遗珠，人物和事件基本上都有原型。在这一点上，我还非常幸运地得到了中共隐蔽战线的卓越领导者、组织者和杰出代表李克农上将之孙，曾任总参政治部政研室主任的李凯城先生，重庆抗战史、中共党史专家周勇先生和重庆史学研究会的指导和帮助。

第二，矛盾与冲突之美。比如高能反转和反差，比如复杂的人性和感情与崇高信仰和大义的交织，比如一边是丧失人性的最野蛮的战争，一边却反复出现诗歌等这些代表人类文明的东西。

第三，有人性基础的、有情怀的、带着饱满感情的谍战戏。这是我视为圭臬的全勇先老师创作《悬崖》和《悬崖之上》的原则，幸运的是《孤光》得到了全老师的指导和认可，全老师语："我一直认为谍战的惊险、悬疑、刺激更多是心灵和智慧的较量，并推崇真实的、深刻的、有人性基础和情感的谍战戏，小说《孤光》让我眼前一亮，它都做到了，尤其这还是女性作家的创作，难能可贵。"

最后，感谢鼓励我写这本书的亲人、爱人、友人。感谢中国作协副主席、书记处书记邱华栋先生，中共隐秘战线的卓越领导人李克农之孙、隐秘战线研究专家李凯城大校，著名作家、编剧全勇先先生，我的西政师弟、以电影《人生大事》摘得金鸡奖最佳导演处女作奖的刘江江先生百忙之中对本书的指导、评点和推荐。感谢重庆出版集团和重庆相关部门对这部作品的厚爱和支持。

感谢手捧这本书的读者们，感谢不尽……

愿您永远眼中有光，心中有情！

"孤光一点莹，散作满河星。"

婉 瑜

2024年12月

目录
Contents

自序　　　　　　　　　　　　001

1 ｜ 遇刺　　　　　　　　　　001

2 ｜ 新来的家庭教师　　　　　015

3 ｜ 酝酿新计划　　　　　　　023

4 ｜ 马森的投名状　　　　　　030

5 ｜ 家宴　　　　　　　　　　035

6 ｜ 险象环生的接头　　　　　043

7 ｜ 初遇伍冰　　　　　　　　052

8 ｜ 杨怀义的双重价值　　　　058

9 ｜ 以约会之名　　　　　　　066

10 ｜ 伪装之下　　　　　　　　074

11 ｜ 敌人的敌人就是朋友　　　082

12	监视	090
13	一家三口	099
14	孤光现身	110
15	酒不醉人人自醉	121
16	阴谋变阳谋	126
17	水滴计划	133
18	重庆来的堂兄	139
19	危险正在逼近	153
20	混战	170
21	落难兄弟	183
22	第二次接头	194

23	真实的伍冰	202
24	近在眼前	210
25	告别	219
26	替我去延安	227
27	泄密	237
28	重逢时刻	246
29	飓风将至	256
30	无法逃脱的战败	260
31	蓝色多瑙河	267
32	败局已定	276

尾声　288

1

遇刺

上午11时，十多架P-40驱逐机从重庆梁山机场悄然起飞，穿过云遮雾绕的巫山，在宜昌聂家河上空突然转为低空，向628高地日军司令部猛烈扫射。

一时间，日寇人仰马翻，鬼哭狼嚎，有的建筑物应声垮塌，残垣绝壁，满目萧然。

日军虽以密集的高射炮应战，但中国战机凭着高超飞行技术辗转腾挪，躲过了炮弹，只有一架飞机被敌炮击中。

这是1943年6月鄂西会战中精彩的一幕。那时，战斗能力增强的中国空军，已频频主动出击，与美国空军此起彼伏袭击日军。

这一年，世界反法西斯战场也捷报频传。斯大林格勒保卫战胜利、盟军对德意开始反攻、美军在中途岛大捷，而中国第三次长沙会战亦取得了胜利。

战局的转变令日寇决定,快速从中国抽身,集中兵力应对太平洋战场,于是,他们发动了鄂西会战,试图进逼重庆。

战斗结束,中国战机胜利返航,当第二批返航飞机降落梁山机场时,却发现被日军14架战斗机和8架轰炸机偷偷尾随而至。

飞机马上加油,待命迎战,但日军的8架轰炸机已经飞临机场上空,如入无人之地,向停机坪上排列的战斗机投下雨点般的炸弹,顿时火光冲天,弹片横飞,加油车爆炸。

几个飞行员顶着炮火奔进飞机,油盖都没合上就升空迎战。一个英武帅气的小伙子如疾风迅雷般冲入日机群,将领队机编队冲散,一连击毁两架日机,又锁定一架逃窜的2号机,对准后座枪手一串攒射,瞬间日机碎片横飞,冒着青烟坠落……

而停机坪上停得整整齐齐的20多架飞机全成了敌机的固定靶子,一架中弹后起火爆炸,又引爆旁边的飞机,战机队列如多米诺骨牌一样连环爆炸,悲壮惨烈。

这就是令中国人痛彻心扉的重庆梁山机场空战。

"这绝对不是偶然!"蒋介石要戴笠彻查,怎么就那么巧,正好自己这两天要去检阅这支中国空军的新锐之师,所以本来应该分散摆放的飞机都整齐列队,成了日机的活靶子。

戴笠同时指示上海军统,要回敬点颜色给他们看看。

远在两千公里外的日占区上海。

细雨刚过的清新早晨,法国梧桐掩映下的福华幼儿园门口,欧式雕花铸铁大门外豪车来了又去,奶声奶气的少爷小姐们陆续进园。不远处老洋房教学楼的窗口,正飘出欢迎他们的钢琴声。

一辆乌黑锃亮的奔驰车停在了幼儿园门口,一名男子从后座下来。他看上去三四十岁,身材高挺,肩宽腿长,虽然戴着墨镜,依然看得出俊朗流畅的面部轮廓,以及英挺的鼻梁。一身合体的衬衫西裤,更是勾勒出他浑身的肌肉线条,显得又帅又野。

他叫杨怀义,时任上海日特外围情报机构远东政治文化研究院负责人、三木商贸公司董事长,还担任汪伪政府军事委员会委员等职。

杨怀义习惯性地环视了下四周,俯身去牵车里的儿子,却不知,一把狙击枪的瞄准镜已经锁定了他。

枪手在百米外的楼顶扣动了扳机,千钧一发之时,前座下来的保姆恰好过来恭迎少爷,子弹射入她的胸膛。

杨怀义瞬间扑进车里,掩上车门,同时把儿子拉下座位,死死护在狙击手视线之外。他的司机兼保镖正想回击，也被第二颗子弹爆头……

这起刺杀，并不是孤立的。之前已有新政府高官在舞厅被舞女刺伤，还有日军小头目在路上遭枪击身亡。

日汪的官员一个接一个伤亡，特务、宪兵和警察频频跑向凶案现场，昼夜不息循着线索追捕凶手，地毯式搜索居民区、厂矿码头……一时间，上海滩人心惶惶。

上海陆军联络部。

上海陆军联络部的次长佐藤勇信，正在跟下属涩谷分析最近一系列的刺杀。

坐在办公桌后的佐藤，四十来岁，看上去威严霸气，尤其一对细长的眼睛，透着洞察一切的质疑、自信和傲慢，锋芒逼人，而他薄薄的上扬嘴唇，更添加了一丝不屑与冷漠，但又略带一点温情。站在他对面的下属涩谷上尉，30多岁，身材干瘦，尖嘴瘦脸，双眼如老鹰般犀利阴鸷。

"……这一系列暗杀，应该是军统对皇军梁山机场空战大捷的报复。有意思的是，这次被刺杀身亡的都是日本人，对中国人好像只是震慑，都只是受伤。所以要谨防他们对新政府高官进行策反。"涩谷汇报。

佐藤冷冷哼了一声，说："这些新政府的人都是墙头草，看着盟军要进入大反攻了，很多人就给自己找退路了。我们现在要用日本宪兵来保护重点人物，既是保护也是监视，跟重庆和延安抢人，同时还要来一场清剿抗日分子的大行动。他们会震慑，我们会惩戒。"

"是！"涩谷毕恭毕敬立正。

佐藤带着两个穿便衣的宪兵来到杨公馆，后者抱着五颜六色的玩具盒子。

取下墨镜的杨怀义露出了庐山真面目：棱角分明的标准多边形脸，天庭宽阔敞亮，浓眉深眼，下巴微方，目光深邃有神，眼角微微有点上扬，冷酷而不羁。

佐藤先给了杨怀义一个浅浅的拥抱，又把杨怀义的儿子抱进怀里。5岁的国栋神态有些惊恐，显然还没从刺杀的阴影中走出来。

佐藤拿起一把塑料玩具手枪，塞给国栋："儿子，别怕，你是男子汉，干爹和你爸爸还有这些叔叔都会保护你！这段时间，你先不要去幼儿园，等干爹把那些坏人都抓起来再去，好不好？干爹还会派个漂亮阿姨来家里，专门教你学习。"

杨怀义听到"漂亮阿姨"四个字，感觉有点没反应过来。

"这是松本，你的司机。这是小林，你的保镖。"佐藤介绍完，又对松本和小林说，"你们要用生命保护杨将军和我干儿子的安全！"

"嗨！"两宪兵毕恭毕敬地答复后，一起向杨怀义鞠躬，请他多多指教。

杨怀义道："佐藤兄，这是干吗？"

佐藤示意两宪兵回避，又把国栋交给管家，要他带孩子去玩玩具。

客厅只剩杨怀义和佐藤了，后者说："怀义啊，我要保证你和我干儿子的绝对安全。松本和小林无论射击还是格斗都很厉害，是我特意挑选的。另外，我要介绍一个美女做干儿子的家庭教师。她叫徐子莹，刚刚从日本回国，是大东亚共荣亲善大使，也是新政府交通部部长徐永良的侄女。子莹小姐不简单啊，她还是天皇的堂兄久宫亲王夫妇的好友，也是东京大学的文学副教授。"

"别张罗了。经过这次惊吓，我一定要把国栋送回重庆，否则，我也不干了。"

杨怀义用不容商量的眼神逼视佐藤。

佐藤咧嘴笑了一下，缓和气氛，继续说："送回重庆？你就不怕国栋被老蒋挟持吗？别的高官纷纷把亲人从敌占区接出来，你还要送回去？"

杨怀义冲口而出："是你们挟持我吧？老蒋看在我父亲和国栋外公的面子上，不会拿他怎样。"

原来，他父亲杨永森是国民党元老，深受蒋介石信任，在东瀛留学时就追随孙中山。杨怀义大哥杨怀忠，也是中国著名的将军。就连他亡妻的父亲，也就是国栋的外公，亦为重庆政府高官。

一时之间，两人对国栋去留的问题各执己见，相持不下。从私人关系来说，他俩是世交，两人的父亲既是同学也是好友，佐藤父亲佐藤正章还一直通过杨怀义父亲杨永森资助同盟会。而他俩，不仅是日本陆军大学的同学，以及后来的战友，还有过命的交情。杨怀义与佐藤在军校搭档执行任务遇到危险时，本能地推开佐藤，为他挡了一枪。杨怀义取出子弹的胳膊，在梅雨季节还有点隐隐作痛。

如今，佐藤是他的顶头上司，是荫庇他的人。他的大东亚政治经济文化研究院，就是佐藤给他成立的为上海陆军联络部服务的外围情报机构。上海陆军联络部则是日本在上海的最高特务情报部门，以前日本在上海的特务组织政出多门，机构林立，互不买账，现在基本上都整合成了这一家。所以，他这个好朋友，如今才是上海真正的大特务，一个跺跺脚上海滩也会抖三抖的人物。

杨怀义也不跟他真撕破脸，发点脾气，见好就收。他明白，送孩子去重庆的事，不争这一天两天，今天只算吹吹风。而佐藤也清楚，杨怀义想要办到的事，就一定会办到。

城市的另一个侧面，充满了血腥与恐怖。

那几天，上海的弄堂里，无论白天还是黑夜，涩谷和76号的人都在气势汹汹打进打出，捣毁了数个军统联络站。

一个公寓里，一名40多岁的精干男子刚推开门，便被五六个日特一把围上，迅速下了枪。男子只好认栽，站住不动了。

76号的一个处长喜形于色，对涩谷耳语："涩谷君，他就是上海军统行动队队长马森。"

涩谷展颜一笑，对马森说："久闻大名啊马队长，军统著名悍将之一，善于制造炸药，炸仓库炸铁路。最近狙杀日汪官员的事，都是你干的吧？"

话音还没落地，特务们已经搜出了毛瑟98K六倍瞄准镜狙击枪。涩谷拿过去细看，嘴里啧啧赞叹："不得了啊，马队长差点就百发百中了。"

马森好像听懂了什么，不作声，只恶狠狠看着涩谷，发出野兽般的狺狺声。

马森被带回了76号。

这时，在76号的刑讯室里，老虎凳上有个男人，已被折磨得血肉模糊、奄奄一息，看样子已经体验过好几种刑具了。

涩谷把马森带到这里，没有给他戴手铐脚链。显然，他是优待对象，带他到这里来只是"参观"。

两面墙上展示的刑具只有想不到，没有做不到，光看一眼那些形状古怪的玩意儿，就知道这里是挑战人类生理极限的地方，无论大刀阔斧，还是细细碎碎。这些刑具马森其实都熟悉,而且很多还在别人身上使用过,但现在在这里还是感到非常瘆人。

旁边有两个76号的刑讯人员赤膊上阵,穷凶极恶的样子。

一人追问:"快说,还有什么?"

老虎凳上的人已经气息微弱:"我,我还听说,南京政府高层,有个重庆卧底,但跟上海地下组织没有交集,直接联系军统高层。"

刑讯人员又问:"他有什么特征?代号是什么?"

老虎凳上的人摇摇头:"我没资格知道。那个隐身人……级别很高……"

佐藤为徐子莹举办的欢迎舞会如期举行了,在柔和音乐声中,霓虹灯闪闪烁烁,穿着晚礼服的红男绿女挤在白色主调的欧式装修大厅里,一片太平盛世的奢华景象。

聚光灯打在中央麦克风前一对男女的身上。女子着一袭拖地白礼裙,亭亭玉立。她大概二十七八岁,身材修长,凹凸有致,姿态和气质像是练过舞蹈,一张鹅蛋脸上长着精致的五官。尤其那对黑葡萄似的大眼睛,清澈深邃,楚楚动人。微卷的长发高高盘在她头顶,如花蕾一般。她旁边的男子则是换了便装的佐藤,一身白色衬衫西裤,打着黑色领结。

佐藤对着麦克风致辞："今天，我要向大家隆重介绍，我身旁这位美丽的女神，大东亚共荣亲善大使徐子莹小姐。子莹小姐才貌双全、学富五车，是东京大学文学副教授，应邀回国投身新政府建设和大东亚共荣大业。请大家关照她，支持她！"

下面掌声一片，赞叹纷纷。

人群里的杨怀义惊讶地盯着徐子莹，瞬间无法呼吸，世界仿佛停滞了，听不到任何声音，但依稀能感受到徐子莹的目光在人群中扫过许多头顶，在自己的脸上停留了片刻。

他心里轻声叫着一个名字——思齐。

那是一个十六七岁的少女，他的娃娃亲。徐子莹的脸和思齐太像了，但是也不像，因为她们的年龄差了10岁以上，不好比较。思齐如果活到现在，是不是徐子莹现在这个样子？但是气质不像吧？

杨怀义醒悟过来，思齐与他早已天人永隔，徐子莹不是何思齐。

可思齐的脸和徐子莹的脸还是在杨怀义脑海里不停闪现，不停重叠，越来越快，他感觉有点受不了了，赶紧退到旁边，悄悄进了洗手间。

关上洗手间的门，他好像拥有了防线，平静了下来。他不知道，麦克风前那双黑葡萄似的眼睛，在他离去的位置上停了几秒。

杨怀义想起的女孩名叫何思齐,她的父亲是杨怀义父亲的好友。思齐有两个哥哥,怀义也有两个哥哥,哥哥们都是结拜兄弟,思齐一出生两家人便为她和杨怀义定了娃娃亲。10岁的杨怀义被父母带来看妹妹,便知道这个襁褓中的女婴以后是他的老婆,就这样守着这句话直到思齐去世。转眼,思齐已经逝去6年了。

杨怀义再入舞厅时,音乐已经响起,来宾要么拿着酒杯捉对交谈,要么下到舞池,跳起了华尔兹。

佐藤带着徐子莹来到杨怀义面前,专门给二人做介绍。

"子莹,这就是我向你提过的我的好兄弟怀义。帅吧?他还是远东战略专家、情报专家,很多重庆和延安的重要情报都拜他所赐。对了,炸了敌军20架飞机的梁山之战,也是他的功劳。"

佐藤说到此处,杨怀义看到徐子莹似笑非笑地打量了他一眼,表情竟有一丝嘲讽。他想佐藤再这样把中国人的血海深仇专往自己身上扣,国栋可就更不安全了。

"怀义出身军人世家,父亲、叔叔、哥哥,全是中国著名的将军,都曾留学日本。他父亲和我父亲是好朋友,我们从小就见过,后来又是陆军大学同学。你说,这是什么缘分?"佐藤说到这里,转向杨怀义,继续道,"怀义,我刚在台上介绍过子莹小姐了,现在补一个,我很荣幸地邀请到她,做我干儿子的家庭教师。"

佐藤说话的时候，徐子莹和杨怀义四目相视，像高手过招般端详着对方，既想征服对方，又要快速扫描分析能破译对方的密码。

杨怀义炯炯有神的凝视，高傲中藏着一点炽热，淡定中又有一丝疑问，似冷非冷，似笑非笑。他的微表情都被徐子莹捕捉到了。而徐子莹饱满的圣母式的高贵微笑，也被杨怀义解读为一半社交习惯，部分有备而来，还有点装腔作势，另外的他则看不透。徐子莹却像占了上风，洞悉了他。

"她的眼睛跟思齐真像，也似黑葡萄，不，不像，形像神不像。思齐的眼睛更清澈、善良、纯真。"杨怀义想。

徐子莹已慢慢收敛笑容，首先开口了，有些做作，还有揶揄："幸会，杨桑。"

杨怀义回道："幸会！徐小姐真像我一个世家妹妹。徐小姐是哪里人？"

佐藤显得很高兴："哈哈，你俩可真是有缘啊！"

徐子莹却看着佐藤，略带不屑地说："已经有很多人说我像世家妹妹了。你这朋友也不过如此嘛，跟女士搭讪都这么俗套。"

"搭讪？徐小姐想多了。"杨怀义的表情一黑，瞬间冒出高傲的冷笑。他转脸对佐藤说："不好意思，犬子顽劣，恐冒犯尊贵的徐小姐，而且徐小姐国之栋梁，来我家真是大材小用。谢谢佐藤兄的美意了！"

杨怀义说完，不待佐藤回话，转身就走。他直接去到当晚挺醒目的一个漂亮女宾前，绅士地请她跳舞。看得出那女士对他并不陌生，颇有好感地积极响应，一边含情脉脉看着他，一边跟他说着什么，傻瓜都看得出她有点受宠若惊。

佐藤和徐子莹愣在原地，有点尴尬。

徐子莹愤愤盯着舞池里的杨怀义，冲佐藤撒娇："你的朋友是什么人啊？"

佐藤哈哈笑："子莹小姐别生气，依我看，这小子已经被你一眼征服了，假装耍酷。"

徐子莹仍然看着跟舞伴聊得甚欢的杨怀义："间谍都是痞子加花花公子吗？"

佐藤也顺着子莹的视线看去："他其实很长情。很多女孩想给我干儿子当后妈呢，他说决不再娶。"

子莹讥笑："长情？百花丛中过，片叶不沾身？"

佐藤尴尬地笑笑。

此时76号的优待室，马森和衣躺在床上，听到远处的刑讯惨叫声隐隐传来。这里虽同在一个屋檐下，却跟刑讯室宛如天上地下，里面全是高级酒店的装修和陈设，沙发、茶几、床、柜子等，一应俱全。

自从被抓后，马森既没被审问，更没被用刑，就是被涩谷带去刑讯室"参观"过一次，之后就是好吃好喝地供着。涩谷每天都来看看他,像朋友一样跟他聊天,跟他描绘大东亚共荣的美好前景,以及他投身于这个美好理想后对自己、对同胞的好处,跟他讲"反正"后的陈澍、杜云峰等人现在是如何的春风得意……希望他做出正确的选择。

马森回想着涩谷的话,瞪着天花板,反复思考人生的这重大一步,他才不接受狗屁的大东亚共荣那一套,但是陈澍等人的选择未尝不可,留得青山在不愁没柴烧。

他又翻了下身,看到不远处的茶几上,大鱼大肉还没冷去,旁边的果盘更是摆得五颜六色。还是先吃吧,马森津津有味地享受起来。

涩谷又来了,发现今天马森吃了不少东西。

胃口好,自然心情也不错。涩谷同马森聊了几句后,突然问道:"你知道那天审讯室里那人说的重庆的隐身人是谁吗?"

马森沉默良久,摇摇头,说真的不知道,而且连有个隐身人都不知道。

能回答就是好事,涩谷笑着反问:"不可能吧,连马桑都不知道?"

"我了解戴老板,既然是隐身人,那应该只有他自己和少数几个最高层知道。"马森说。

涩谷笑笑,没再追问。慢慢来,看来马森开始上路了。

等着看好戏吧。

2

新来的家庭教师

日军继续对重庆和四川的重要坐标实施准确轰炸。

防空警报响起的一瞬，炸弹已经雨点般砸下来。隐藏在树林深处的军工重地泸州铁厂再次被日机轰炸。硝烟散去处，一片残垣断壁，人们纷纷从四面八方抬着担架跑来，一边喊着"王工""小李"，一边哭着搬开门窗，扒开砖石，寻找值班的工程师和技术工人……

万县城郊的钻洞子，沟壑纵深，公路上车辆来来往往，密林深处担架穿梭不停。这里担负着转运和医治鄂西会战伤兵的重要责任，也经常遭遇密集轰炸，不能逃跑的大量伤员成为活靶子，并实现他们"一个伤员拖累几个医护人员"的魔鬼计划。

拿到制空权，不让日机横行中国的天空，已经迫在眉睫。

隐藏在上清寺的盟军远东司令部，是绿荫深处的一栋两层小楼，深棕色的全木地板映着落地玻璃窗边的白色纱幔，显得古典高贵而又庄严。

这里正在举行中美英三方代表小型会议，讨论当前战局，交换意见。

"几年的中日相持阶段被打破了，日军大举进攻鄂西，进逼重庆，你们都看到了。战事开始后，日机连续轰炸重庆，以及梁山机场、万县伤兵中转站、泸州铁厂……"中方代表痛心疾首，呼吁美方派空军进驻更多重庆及周边机场，保住重庆及西部地区，将抗战继续下去。

"我们深为中国人民遭受的苦难和全民艰苦卓绝的抗战所感动和敬佩，罗斯福总统高度重视中国抗战在世界反法西斯战争中的地位和作用，我们将竭尽所能帮助中国坚持抗战。"美方代表首先代表罗斯福总统，慰问和感谢了中国军民。接着道出具体计划，重庆作为战时陪都地位重要，梁山机场是距离日军前哨最近的机场，美空军计划把它作为拱卫重庆的空战指挥部，美军14航空队和B-25中型轰炸机将进驻梁山。

中方代表一听，激动地鼓起掌来，这样日机就不可能有恃无恐地来轰炸了，中美战机可以马上升空拦截。

美方代表接着提出他们对中国的要求。

"上个月，美英中在华盛顿召开会议，讨论收复缅北的事项，美国也计划在太平洋战场发起反攻。大战即将打响,我们迫切需要了解日军对太平洋战场和东南亚战场的战略构想。罗斯福总统希望能与中国情报战线加强合作。对日情报,你们军统和中共才是强项。"

英方代表也补充道:"是的,太平洋战场和东南亚战场的情报,对欧洲战场和我们英国也同样重要,关系着何时发起印缅反攻,何时开辟欧洲第二战场。根据盟军先欧后亚原则,要保证英美主要兵力在欧洲战场。"

……

夜深人静,戴笠站在电报员旁边,一条密电飞出。

"王师:尽快获取日本三大战场最新战略计划。乃兄"

坐在电台前收到这道密电的原来是杨怀义,他迅速译完,然后拿出火柴把译电纸烧掉。

他就是重庆隐藏在日汪高层的那个隐身人,代号"王师"。单线与他电波联系的戴笠,代号"乃兄"。两个代号的灵感来自"王师北定中原日,家祭无忘告乃翁"。

杨怀义一边在地下室烧电报,一边陷入了回忆。

不是军统的他,因父亲与天皇幕僚佐藤正章的友情,因为对日本的熟悉,被蒋介石和戴笠选中于1933年二赴日本,表面上为杨家图谋在中国的实力,而去日本结交日本军政两界,从而得到有朝一日他们的支持,而实际上是派他去全方位了解、学习日本,中日必有一战,早点派他去卧底。这个秘密任务只有父亲知道。因为各种原因,他暂时与思齐失联,但没想到,等到要联系她时,却阴阳相隔。

也许，思齐直到遇难都以为是自己无情，单方面跟她断了联系。杨怀义一想到这点，就五内俱焚。

他收拾好发报机，从密道回到卧室，辗转反侧，徐子莹的出现，又让他想起了思齐。

重庆政府急需日军三大战场作战计划，中共南方局领导也收到同样内容的延安急电。左尔格事件后，苏联对日情报更加倚重中共。目前苏德战场激战正酣，苏联急需德日情报，尤其是关东军的动向。

养兵千日，用兵一时。中共南方局领导马上密电新四军根据地刘然，要他唤醒"孤光"，而且指示一定要保证孤光同志的安全。

"孤光"是中共秘密党员，隶属中共南方局，刘然是"孤光"在上海的单线联系人。去年年底，刘然被派往新四军根据地后，孤光一直静默，也没有新的联系人。

除了中共高层的几人，谁也不知道"孤光"的存在。

上海。

徐子莹按照佐藤安排的时间，来到了杨公馆。

徐子莹下车的一瞬间，从小跟着杨怀义的管家杨叔吃了一惊，怎么跟思齐小姐那么像，但他是一个训练有素的人，绝不多言，客气地恭迎徐子莹进去。不过，这并没有逃过徐子莹的眼睛，她嘴角露出一丝不易觉察的笑容。

随行的两个日本宪兵从汽车后备箱取出四个大行李箱，一人提着两个，跟在后面，有一个箱子款式非常少见，另外三个箱子整齐划一。

子莹一边走，一边好奇地四处打量，兴趣盎然，无论花园、草木、假山、水池……似乎一切细节，她都在仔细琢磨。

躲在二楼百叶窗后观察她的杨怀义，对她住进来的目的心知肚明。杨怀义与佐藤相交多年，大致能猜到对方在想什么。尤其在陆军大学训练时，他们背对背打枪，在手势发出前就能知道对方往左还是往右。他俩每次搭档，总能拿到年级最高分。甚至做信任训练时，他俩都能两眼一闭往楼下跳，把生死交给对方掌握的救生网。

佐藤派徐子莹来，哪里是单纯给国栋做家庭教师的，那是监控他，怕他在日军气数走下坡路时，暗中投奔重庆，甚至还想让她填补亡妻的位子，成为他的枕边人。

既然佐藤设计的是凤求凰，杨怀义顺势保持着自己的高傲，根本不会去迎接徐子莹。

老保姆吴妈过来，见到徐子莹，也吃了一惊，然后对徐子莹说小少爷请她过去。随后她引领徐子莹来到二楼一个房间，做了个请的姿势后，默默退下。

徐子莹看房门虚掩着，提高声音问："我可以进来吗？"

里面传出国栋略带亢奋的声音："进来吧！"

徐子莹略感疑惑，热情的小男孩为何不开门迎接她。一念未完，她推开的那扇门的上面，竟从天而降一个笸箩，盖在了她的头上，里面的柴灰天女散花般撒了她一头一脸一身。徐子莹精心化的妆，穿的漂亮连衣裙，全都面目全非。

她惊叫一声，退后一步，打开自己的小坤包，掏出手绢擦眼睛。待她睁开眼，一个戴着鬼面具的小人却幽灵一样杵在了面前。

徐子莹又尖叫了一声。

国栋举起佐藤送的那把塑料手枪，对着徐子莹的脸喷水："嘻嘻，老师，你的脸好脏，我给你洗洗脸。"

徐子莹愤愤地擦拭脸上的水，然后一把抓住小孩，扯下他的面具。

杨国栋亮晶晶的眼睛幸灾乐祸地望着她，眉宇间有丝杨怀义那种桀骜不驯，也有丝胆怯。

"国栋，你怎么能欺负美女呢？"

杨怀义悄无声息来到了门外，冷不丁一开口，竟把徐子莹吓了一跳。她转过身，见他一边抽着雪茄，一边痞笑着，目光里带着看笑话的丝丝得意。

徐子莹想，这父子俩可真幼稚啊。

她马上换成一副高傲的微笑迎战表情："你叫国栋是吧，国之栋梁，多好的名字！没关系，老师专治小魔王！"

她走过去，揪了揪他的鼻子，说："老师会教你很多东西。"

然后随手从桌子上拿起几个飞镖,嗖嗖嗖,一秒内连续飞出去,速度快得都成了一条线,飞镖全都射进了靶心,而且姿势帅极了。

国栋在一旁看傻了眼,然后马上拍掌:"师父好厉害,教教徒儿!"

他特别喜欢玩飞镖,但是都射不进靶心。只有爸爸才这么厉害,但爸爸在家的时间太少了。

徐子莹一笑,走过去摸摸他的脸蛋,一字一顿地说:"我—是—你—的—老—师—徐—子—莹。见着老师要怎样?"

国栋竟然乖乖地双腿一并敬了个军礼:"老师好——"

孩子好久没这么兴奋这么欢喜了,杨怀义一旁看着有丝心酸,但他不会为了亲子情,而不赶走佐藤派来监视他的徐子莹。

他用手势示意徐子莹外面说话。

"既然犬子跟你有缘,那就委屈徐小姐低就了。不过,我这个家特别不祥,尤其克女人,孩子的妈妈两年前被刺杀了,照看他的保姆两周前也一样的结果。我只是担心徐小姐,如此美丽,恐红颜薄命。"杨怀义抽着雪茄,故意把烟圈吐到子莹脸上。

"谢谢。算命的说,我克夫。"徐子莹一把夺过杨怀义手中的雪茄,猛吸一口,把烟圈吐到杨怀义脸上,近距离直视他，得意地冷笑。

杨怀义突然受不了那双跟思齐一样的黑葡萄眼睛了，转过头大喊："吴妈，给徐小姐收拾一个房间！"

"硬要赶着送上门，看我怎么收拾你！"杨怀义心里说。

3

酝酿新计划

不久以后,美方兑现承诺,美军14航空队和B-25中型轰炸机进驻梁山机场,把它作为拱卫重庆的空战指挥部。

将士们看到明星战机B-25不由得落下泪来。

他们想起日寇零式飞机第一次大批来临时,将士们毫不了解它碾压式的先进性能,24架飞机升空,按照原来的战术,去咬日机的尾巴,不想却被日机轻松反咬,全军覆灭;想起因为缺少飞机和机型的落后,好长一段时间中国空军不能升空应战,任由日军轰炸并在重庆狂撒侮辱中国空军的传单;想起被先进日机悄悄尾随炸掉天水机场加油的飞机后,英雄的空军五大队被怀疑有内奸,失去了番号,而飞行员们,硬是用好几年时间,用一个个壮烈的牺牲,挽回了五大队的荣誉……

美方加大合作后,中美空军对日军的打击力度越来越强,逐渐夺得了制空权。这是后话了。

军统挖出重庆的日谍网络后,顺藤摸瓜,把主要的头目全都一举拿下。军统的刑讯逼供并不亚于特高课,没过几遍堂,不少人都招了,在西南的整个日谍情报网都被连根拔起。

八路军也开始了零星反攻,率先在河北和山东对日军发起了攻势作战,晋鲁豫地区展开了卫南战役……

南方的新四军为了打破日寇封锁,阻止日军掠夺淮盐,夺回了陈家港盐场。

日军坐不住了,中国派遣军总司令部司令畑俊六主持召开了一个日伪军高层会议,在会上传达了大本营最新指示,盟军反攻在即,战局日渐紧张,要把中国作为太平洋战场的大本营和总兵站,快速解决中国问题。在正面战场进逼重庆,并政治诱降,而重点是要打击中共根据地。

"我们必须在中共根据地发动大反攻之前,先发制人,主动作战,为太平洋战场谋求安定的后方。最近共产国际解散,天赐良机,皇军各参谋部和和平建国军要尽快制定作战计划。"

会后,畑俊六在他的办公室专门给佐藤下达了指令。

"佐藤君,大战在即,战者必用间谍,大战之前,也必抓间谍。间谍与反间谍的成败,直接关系着作战的成败。上海陆军联络部作为帝国在中国重要的特务机关,要发挥中流砥柱的作用。"

"嗨！"佐藤笔直地站在办公桌对面，毕恭毕敬回答。

司令官又说："配合打击中共根据地的军事计划，你们间谍战的重点也要放在中共情报线。佐尔格、尾崎秀实案后，天皇和军部定下基调，要以十倍的力量对付红色特工。他们无孔不入、精明狡猾，而且视死如归、软硬不吃。"

司令官说到最后几句，都咬牙切齿了。

佐藤赶紧表示同意："是的司令官，这次上海大抓捕，对重庆方面收获很大，中共却隐藏得很好。"

"不行，必须把中共间谍找出来，同时还要渗透！"畑俊六急得拍了下桌子。

"属下正在制定专门针对中共间谍的计划。"

"说来听听。"畑俊六感兴趣地眯着眼睛。

"中国人抓中国人最方便。我们打算策反重庆特工来抓中共，他们比我们更了解中共。重庆和新四军苏北根据地那边，也有我们的人站稳了脚跟。"

"很好。"畑俊六站起来，绕过办公桌，走向佐藤，用手拍拍他的肩膀，表示鼓励，"河间将军另有任务，不回来了，你要独自担起上海陆军联络部的重任。这也是你为天皇陛下效忠，为佐藤家族建功的难得机会。对了，我上次回日本，久宫亲王和你父亲还专门嘱咐我，要多提携你。"

佐藤赶紧鞠躬："多谢将军栽培！誓死效忠天皇陛下，

效忠将军！属下一定把上海的共谍清洗干净，为皇军的大决战扫清道路。"

汪伪政府里的高官们都不是傻瓜，眼看着世界法西斯集团一日不如一日，败绩频传，对自己的未来都充满了焦灼。

一时间，努力来靠近杨怀义的新政府官员越来越多。他们变着法子请他吃饭，觥筹交错间，流露出对时局的悲观，生怕以后被清算。杨怀义不愿树敌太多，有时也得勉为其难地应酬，打着哈哈转换话题，难得糊涂。

杨怀义明白，这些墙头草都在为自己找后路，特别想通过他与重庆攀上关系。杨家的父亲和大哥在重庆的军政界非常得势，虽然发布了跟他脱离关系的声明，但那些人认为，血缘关系是铜墙铁壁，打断骨头连着筋。

杨怀义不屑于向佐藤举报他们有二心，但他知道，佐藤到处有耳目。

"你最近成了香饽饽啊。"佐藤跟他开玩笑。

杨怀义回："别提那些鼠目寸光的家伙……"

一切尽在不言中。两人在长久的共处中，很多话只需要说半句就行。

当年杨怀义在日本各大学辗转学习军事与经济，表面去实践父亲一直在国民党高层提倡的"亲日反共"主张，佐藤家族是日本的贵族，很有势力。佐藤正章是不带兵的著名军事家、陆军大学教授、天皇的幕僚。佐藤正章也想把杨家扶持成中国政治版图上重要的亲日势力，与蒋介石分庭抗礼，为自己所用为帝国所用。

佐藤勇信对父亲的所想早已耳提面命，他和杨怀义的友情既是天作地设又是政治联姻。

佐藤家教很严，生活中规中矩，不能越雷池一步，其实内心也有小狂野，既羡慕怀义的无拘无束、桀骜不驯，也经常劝勉他，拉他训练、比武。

杨怀义给人的印象是：花花公子一个，心思全不在学业上，纯粹为家庭所逼，但天生聪明，为人仗义，出手阔绰。

他整天吃喝玩乐交朋友，不是佐藤带他混，而是他带着佐藤和一帮纨绔子弟混。流连于声色犬马的他们，也经常惹是生非，又彼此掩护，彼此挡枪。有一阵，佐藤迷上了一个琴棋书画都了得的艺伎，经常去买春喝酒，却被父亲的手下偷偷揭发。杨怀义在关键时刻站出来，和那艺伎一起，把事情全都揽在了自己身上。

佐藤正章也不想闹得太难看，睁只眼闭只眼过了，但从此跟儿子谈心更频繁，把为帝国建功立业的思想越发深入地浇灌给他。

杨怀义在枪法和格斗上长期败给佐藤。后者每每一边得意，一边安慰他："我听说，过于聪明的人，小脑都不发达。"

天天吃喝玩乐的杨怀义，被佐藤父子苦口婆心拉进日军外围情报机构"远东政治文化研究院"，做点正经事。

佐藤家要利用杨家的资源，把杨怀义这棵天资不错、资源甚多的苗子，培养成佐藤家暗藏在中国的富矿。

当兄弟相称的二人成为上下级，佐藤惊讶地发现，杨怀义在战略战术方面其实有很高的天赋，他自己也越来越需要杨怀义。

被佐藤非要送进杨公馆的徐子莹，像磁铁一样，牢牢吸在了杨家。她并不在言辞与神色上讨好杨怀义，有一种大人不记小人过的淡然，倒显出一种不卑不亢的尊严。

杨怀义暗暗吃惊，这女子的内心挺皮实的，跟稚嫩敏感的思齐全然不同。

徐子莹自顾自设计起国栋的课程来，那简直是古今中外，动静浅深，搭配得宜。如果她不是佐藤派来监视自己的，还觊觎女主人的身份，杨怀义明白，整个上海也找不到这么好的家庭教师。

徐子莹似乎对杨家的一切都感兴趣，有时候会去窥探一些房间，有时会在跟国栋的互动中，假装不经意地打听他妈妈和杨怀义的事。但是，她总感到有一双眼睛在时时盯着她，有时，管家突然出现，让她不寒而栗，而本该口无遮拦的五岁孩子也颇有些滴水不漏的气质，真是特工家的孩子。

当然，徐子莹的一切，也被管家和国栋一五一十地汇报给了杨怀义。

杨怀义总是自信地冷笑着。

他也早安排了人调查徐子莹，包括询问"乃兄"。

徐子莹到底是谁？马上就要水落石出了。

4

马森的投名状

佐藤从南京回到上海后即刻把司令官的要求传达给涩谷，要他尽快拿下马森。

涩谷带着几个荷枪实弹的宪兵，直接去了优待室。马森一看那架势，心里顿时明白了八九分。

涩谷与他对坐在沙发上，开门见山说："马桑，我们没时间跟你耗了。今天就做一个选择，愿意跟皇军一起建设大东亚共荣圈吗？你不背叛军统可以，我们共同对付中共！"

"涩谷君，这些天，我想明白了……"马森把茶一饮而尽，继续说，"好，我跟你们合作共同对付中共，但我要选自己的人，而且，只受你的指挥。"

马森外表粗犷强悍，也是个人精。在优待室这些天他想通了一件事，要想既不被军统执行家法，又不被日本人枪毙，只有一条光明大道，那就是一致对付共产党，而且也不能进76号，一进76号就跳进黄河也洗不清了。

"马桑放心，佐藤次长就是要你在76号之外组建一个机构，受我们上海陆军联络部的领导，专门对付中共。说起来，这也合重庆的意吧。对你们蒋总裁来讲，我们不过是皮肤之患，中共才是他心头大患。"涩谷喜笑颜开。

马森站起来立正道："马森已经是皇军的人，就不管其他人怎么想了。在下有个见面礼，要送给涩谷君。"

涩谷一愣："哦？投名状？"

"对。我大概知道中共的一个据点。"马森说。

此时佐藤正在他宽敞的办公室里对杨怀义传达司令官间谍战的指令。

办公室的一个角落布置得很有中国风，茶台、屏风、国画、博古架，应有尽有。他跟杨怀义谈事时，喜欢一起泡茶喝茶，以闲聊的方式进行。有时他们喝杭州的龙井，还有时喝一种野草、绿茶和玄米混在一起制作的日本茶。那是带大他的保姆的家乡特产，尤其那野草一味，是其他地方没有的，也是杨怀义在日本时很爱喝的。在战时，佐藤能着人带一点过来，是奢侈中的奢侈，其金贵程度，哪是龙井能比的。

佐藤意气风发端起茶，用干杯的姿势说："怀义，河间走了，我们两兄弟可以彻底放开，大展拳脚了。你好好干，我是你的坚强后盾，你也要给我争光！我们两兄弟啊，不仅要获取重庆的情报，还有欧美的，中共的。"

杨怀义喝了茶，拿出文件，递给佐藤，简要讲了他的重庆情报网屡次被军统重创又重建后，再次重建的计划。他的远东政治文化研究院从1938年在香港起，就开始打造经营情报网络，如今已在国统区深耕细作。当然，这也是军统的故意喂料。

佐藤把文件放一边，说："目前的重中之重是中共。我想在共区建个情报网。"

杨怀义说："你又不是不知道，研究院精力没放在那块。"

佐藤说："不行，中共一直是我们的薄弱环节，再难也要干起来。我还指望你大鹏展翅……"

话还没完，杨怀义打断他："我展不动了。你知道的，我胸无大志，贪生怕死，可不想英年早逝啊。"

"哈哈，还记着刺杀这事。怪我怪我，没保护好你。父亲一直看好你，说你的潜能还没完全发挥出来。"佐藤坏笑着，放低声音，凑近杨怀义，"你少在声色犬马中消耗，就能多为帝国建功立业。我都把女神送你身边了，你就收收性子吧。"

"那是你的女神吧！我可不喜欢那一型的。你跟她讲，要想在我家里待下去，得学会温柔，不要在我面前趾高气扬。"

佐藤故意嗔怪："哼，你以为你是谁？实话告诉你吧，我就要她来监督你,怕你哪天死在温柔乡了。"

两人正半真半假斗嘴,涩谷在门外喊:"报告大佐!"

涩谷进来后,说有重要情况汇报,还瞟了杨怀义一眼。后者假装没看见,继续品野草玄米茶。

佐藤道:"说!杨将军又不是外人。"

涩谷汇报:"马森愿意合作,专门抓捕共党,而且,他知道共党一个据点。"

佐藤一听,哈哈笑开怀,站起来走了几步,回身对杨怀义说:"难怪今天早上喜鹊在叫,想什么,来什么,终于要血洗中共上海地下组织了。"

他转头又命令涩谷马上布控,抓捕,千万不要打草惊蛇。

涩谷领命而去。佐藤要杨怀义就留在这里一起静候佳音,杨怀义却说晚上有约了。

佐藤问:"什么约,这么重要?"

杨怀义说:"还不是你给我送来的。今晚徐子莹舅舅请吃饭。"

"啊,"佐藤夸张了一点自己的惊讶,"你这个口是心非的家伙,嘴里说着不喜欢,暗地里却赶着上门当毛脚女婿了。"

"别说得那么难听,八竿子打不着。徐部长好歹是前辈,外甥女都住进我家了,咱们晚辈能不去拜望拜望吗?"

"当然,当然应该去。徐部长不仅是新政府的栋梁,在日本时也深受久宫亲王欣赏啊。赶紧去,赶紧去。"佐藤哈哈大笑。

杨怀义离开的时候,看到涩谷和马森已经集结了两卡车人马,气势汹汹,抢在自己前面驶出了大门。杨怀义的脸色变得异常沉重,脑子里印出四个字——血雨腥风。

5

家宴

夜幕降临，上海高级住宅区的路灯次第亮起，垂下白纱窗帘的豪宅窗户里，是人影幢幢的奢靡晚宴。路边和院子里的欧式地马灯，朦胧照着园丁精心灌溉修剪的花草，宛若战前西方贵族们的好日子。

一辆德国奔驰轿车停在徐公馆花园，副驾驶座下来一个小伙子，为后座打开车门，并鞠躬等待杨怀义和徐子莹下车。

徐子莹的舅妈穿着和服，是地地道道的日本人。她对大和民族的人有种本能的敏感，一看见那小伙子就知道是便衣宪兵，再一看鞠躬，更确定了。

舅舅舅妈都是明白人，并不多话问此事，只是眼神有点小惊讶。

做舅舅的露出一丝羡慕加讨好的表情。长久的日本生活让他举手投足俨然日本人一般，他率妻子微微鞠躬说：

"欢迎，欢迎杨将军。之前有两次，远远地见到您，不敢冒昧上前，今天您能赏光前来做客，真是寒舍有荣，蓬荜生辉。"

杨怀义赶紧跟他握手："哪里哪里，晚辈才是久仰徐部长。了不起啊，东京大学的高才生，著名的桥梁专家，新政府的交通部长，真正的栋梁之才啊。"

徐永良赶紧说不敢不敢。

杨怀义环顾四周，感叹说："徐部长，这里可不是寒舍啊，一直是谈笑有鸿儒，往来无白丁。"

徐家夫妇有点不明就里，想，回国后家中并无几次聚会啊。

不待主人回过神来，杨怀义又笑了笑，补充说："这个宅子以前的主人，和我家是世交。小时候，我经常来这里玩。"

徐永良惊喜道："哦，这样啊，那我们真是沾亲带故了。这是我妹夫的弟弟的老宅，也就是子莹的叔叔家。子莹也说她小时候来这里住过。"

杨怀义看了看徐子莹，后者面无表情。杨怀义心里冷笑一声，还真会装。

徐子莹在还叫何子莹的幼时，确实来何思齐家住过个把月。十几岁的杨怀义看到这位跟思齐一模一样的堂姐，还吓了一跳。不过，那时的徐子莹跟国栋年龄差不多，忘记见过一个十几岁的大哥哥，也有可能。

舅妈在一旁笑起来："真是太有缘分了。"

进客厅寒暄几句后，杨怀义意味深长地看着徐子莹，说："徐部长，我想请子莹小姐带我参观下世交故宅，重温一下旧时光，行吗？"

做舅舅的连忙代为回答："当然可以。"

徐子莹带着意义不明的表情，引杨怀义上楼。他俩走到一个房间门口，徐子莹说："你是想来这个房间吧。"

那正是杨怀义的娃娃亲何思齐的卧室。

两人进去后，杨怀义环视室内，用手摸着依然如故的紫檀家具与各种陈设，眼神忧伤，神色肃然，一改平常的玩世不恭。

他正陷入回忆，一个有些瘆人的声音却在背后突然响起，吓了他一跳。

徐子莹冷冷说："不愧是情报专家啊，这么快已经把我调查清楚了。"

背对她的杨怀义赶紧整理了下表情，转过身来，表情仍然很真诚，低沉着声音说："子莹，感谢你们一家照顾思齐。"

徐子莹眼里突然闪起了泪花，盯着杨怀义冷笑，低低咆哮："你有什么资格表示感谢？你强行把她送去美国，自己随后却杳无音讯。等她尸骨未寒，你却已经有了个5岁的孩子。"

杨怀义完全不像在杨家那么傲慢了，竟潮湿着眼睛低下头，哑然道："是的，我对不起思齐。以后去了那个世界，我会向她解释，再为她做牛做马弥补。如果你是来帮堂妹复仇的，我答应，但我有个请求，国栋是无辜的，也不懂事，要是他惹恼了你，请多担待。"

杨怀义说完，竟像徐永良一样用了日本人的鞠躬礼。

徐子莹一愣，然后冷笑了起来，说："思齐如此美好，我这个堂姐就这么低级？去给你儿子当家庭教师，是为了报复？"

杨怀义的面部已经恢复了惯常的孤傲与一丝轻蔑。

"徐小姐，这个世界越来越不太平。我不知道你为什么非要这当口回国，看在思齐的分上友情提示，乱世中，要学会明哲保身，不要多管闲事。"

"你是威胁我？！"徐子莹才不吃这一套，挑衅地看着他。

杨怀义与何思齐家是世交，何思齐出生时，杨怀义已经10岁，当他跟随父母见到思齐的第一面，便知道那个襁褓中的娃娃是他未来的媳妇，父辈已经给他们定了娃娃亲。

1932年淞沪抗战时，27岁的杨怀义作为指挥官参战，他身先士卒，英勇顽强。而17岁的思齐和同学们则忙着慰问支援前线。

中国最大历史最悠久的出版机构上海商务印书馆、东方图书馆被炸起火,老师带着同学们去和日军抢书。杨怀义带人及时赶到,救走了思齐和她的同学,抢运烧剩的书籍达7天。

全民族抗日救亡运动的第一次高潮就此爆发。南京政府采取"一面抵抗一面交涉"政策,指派杨怀义父亲杨永森跟日军直接谈判,想尽早结束战争,还派驻日公使赴日展开亲善外交。

思齐和小哥哥对此感到不满,认为杨伯伯本来已经催促蒋介石抗战了,不该又去讲和。两家的大人说孩子们太年轻,不懂事。而杨家的兄弟三人却都和政府意见一致,认为要做好充分准备才能开战。

《淞沪停战协定》签订后,社会各界纷纷表达对政府的不满,思齐再次参加学生运动,反对协议,与数位同学一起被捕了。

紧接着,思齐被曝出了更多问题,为苏区捐盐捐药品,还是左联进步分子、共青团骨干等。慑于杨家的权势,警察局长对她网开一面,可思齐却坚决不走,宁愿死也不签《悔过书》。杨怀义只好把她打晕,盖了手印后抱回了家。

思齐回来后依然积极帮助共产党。其时已有高官亲戚因为亲共被秘密处决,杨家人都担心思齐的安危,想把她送去美国读大学。

杨怀义将计就计,叫警察局的兄弟抓了她掩护的共党，并造成是思齐出卖的假象，让组织不再相信她。

思齐伤心欲绝，对怀义彻底死心，用枪对着自己，逼怀义去救人。作为交换条件，她答应去美国留学。

1937年，思齐快大学毕业了，她同时修了两个学位。杨怀义那时在日本，想接思齐去完婚，不想突然天降风云，思齐和叔叔婶婶车祸遇难，堂姐因为另外有活动，幸免于难。

杨怀义追悔莫及，跪地长哭。他那阵总是自言自语，如果他不逼她去美国，她就不会死。把佐藤一家吓得不轻，给他请了最好的德国医生做心理疗愈。

杨怀义回国参加思齐的葬礼，并把她作为杨家媳妇葬在杨家墓园。他一直担心自己马革裹尸会走在思齐的前面，让她余生悲伤，没想到是自己没能护她周全。

当晚的家宴，是非常高级的怀石料理，摆盘把禅意与高端食材结合。除了几种昂贵的鱼虾刺身，还有松茸和牛，辛口西京鳕鱼烧等传统代表菜品。徐永良特别介绍了，餐具是久宫亲王送的礼物，日本皇家专用的有田烧精品"香兰社"。他们用昂贵的文物打包法，小心翼翼运到中国。

徐永良妻子不仅是名门闺秀，还是怀石料理高手。做丈夫的已经命她去新政府几个高官家教过家眷和厨娘做日料了，也算一种夫人社交。

大家围坐在餐桌上，徐永良频频给杨怀义夹菜，巴结得要紧："杨将军，多吃点，这是良子亲自下厨做的，这蓝鳍金枪鱼，也是今天空运到的。"

杨怀义吃下一片山葵与柚子醋蘸着的厚切蓝鳍金枪鱼，举起杯："徐部长厉害，这么金贵的东西都能搞到，我家都是粗茶淡饭，子莹小姐千金之躯受苦了。"

"说笑了，谁不知道杨将军的能耐和杨家的实力。"徐永良赶紧说。

舅妈接过话："杨将军要喜欢，以后有新鲜金枪鱼到了，就让子莹给将军带回家去。男人在外面操劳，女人要做好后勤服务。"

杨怀义赶紧摆手："可别，可别。现在外面治安太差，抗日分子天天想着刺杀我们，日本人和76号又天天都在抓他们，不要让徐小姐跑来跑去，增加风险。"

徐永良一听，也神色黯然："是啊，中国人说我们是汉奸，想把我们杀光。谁理解我们建设大东亚共荣圈，为民谋明天的苦心啊。"

杨怀义看着正在低垂眼睛喝味噌汤的徐子莹，压低声音："大家最近少出门，听说被捕的军统马森组建了一个特别行动队，专抓共谍，接下来又该是一场血雨腥风了。千万不要被误伤！"

他看见徐子莹毫无表情，连垂下的睫毛都没颤抖一下，而17岁的何思齐，每次关系到共产党的事，都跟他要死要活的。

"两姐妹真是一样的皮囊，不一样的灵魂啊。"杨怀义多少有些失望。

徐子莹也在心里琢磨：他为什么要专门提到马森抓共谍？仅仅只是因为思齐吗？

6

险象环生的接头

华灯初上,巷子深处的福记药店内,中年老板和年轻小二正在盘存,准备结束一天的营业。几个便衣特务举着枪突然涌了进来。

两人愣了一秒,马上反应过来,掏出柜台里的枪对着来人射击,又迅速躲到下面,各自移到两端口,借着柜台掩护,双方交火。

楼上两人听到枪声,知道暴露了,马上焚烧电报、密码本、文件……

几个特务在火力掩护下,迅速冲上楼,掌柜和小二一人开枪掩护,一人加快焚烧,火焰印红了他的脸庞……但是寡不敌众,很快,负责掩护的同志被打成了筛子,而烧文件的同志受伤后刚要举枪自杀就被特务控制了。

马森赶紧用脚踩灭搪瓷盆里还在燃烧的纸张,蹲下身子,富有经验地小心拨拉,一会儿,他兴奋地大叫起来,还有一些重要东西没来得及烧毁，比如这份中共党小组的名单，比如一封只烧了一半的电报，有文字的部分恰好没烧到……

马森捡起来，得意地向那名地下党抖抖。后者一见，疯了一般想窜过来抢夺，无奈双手都被人控制着，回天无力，他嘶哑地叫着——凄厉的声音像滴着血。

当晚，又是一场血雨腥风后，那封电报也摆在了佐藤办公桌上，技术部门已经对它整体做了托底，又进行了精心修复。

佐藤看完，抬起头来，对笔直站在面前的涩谷和马森说："看来，新四军的大人物要来上海了，从今天起，你们跟入沪各检查口负责人打好招呼，见有可疑人物赶紧上报，但千万不能惊动，必须放进来。"

"是！"

"你们立即、马上，去把药店恢复营业，安排我们的人假扮掌柜和小二，等着跟新四军大人物接头。"

涩谷马森刚说"是"，佐藤又补充："对了，把抓起来那个用点东莨菪碱，掏出他的真话。如果他知道得足够多，咱们就可以复制以前在八路军根据地的经验，再发展些进步青年，建成一个假的中共上海地下党组织。那可真是，假作真时真亦假。"

"到时，共党就会前赴后继地自投罗网。"涩谷谄媚地补充道。

马森不由暗暗称奇，鬼子搞情报工作还真他妈鬼啊。

来沪的新四军首长，是一位儒雅的中年人。他穿着长衫，拎着皮箱，戴着礼帽，在暮色中走进福记中药店，见四下无人，对假掌柜说出了接头暗号。

"我该买秦归还是川芎？"

"只有川芎。"

"我要秦归。"

"秦归川芎不都一样吗？"

秦归是当归的特殊品种，第一句说出，还与川芎组合，被无关顾客误用此句的概率几乎为零。第四句是中药店掌柜根本不可能说出来的反常识句子，规避了因符合逻辑而恰好被人无意接上头的风险。

中年人听完，又说："那就再来熟地黄和白芍吧，凑个四物。"

假掌柜对上暗号，按捺住内心的狂喜，马上把来人引上楼，安顿下来。

第二天，化名刘勇的首长坐上黄包车，七弯八拐甩掉可能有可能没有的尾巴，去了报社，以勇哥的名义寻找房子，提出位置和装修的具体要求。

当然勇哥前脚走，这些内容马上便报给了涩谷和马森。

这是要接头了，更大的鱼要咬饵了，涩谷和马森简直想高歌一曲。

到了报纸广告藏头文藏着的接头日子，刘勇提前来到约定接头地点白蔷薇咖啡厅，坐下来点了一杯咖啡，警觉地环视四周。

他目光透过玻璃窗望向外面，发现有些异常。看得出，那些摆摊的、站着聊天的、停在路边的人力车夫和轿车司机，都是训练有素的特务。

他故意快速起身往外走，旁边座位的两个人唰地起身跟上来。

这下，他完全确认自己暴露了。

刘勇装作若无其事地去了洗手间。两个特务在外面紧张地盯着，见他一会儿就正常地出来了，这才松口气。

刘勇慢慢喝了几口咖啡，看手表约定时间快到了，他突然站起身大步往门口走去，并朝街上连连开枪。

咖啡厅里外的特务们马上冲上来，行人惊叫乱跑，马森大叫："抓活的——"

刘勇边跑边向追来的特务射击，特务也开枪回击。

杨怀义和徐子莹这时刚好下车要去咖啡厅，连忙驻足，保镖也跟上来保卫。

刘勇寡不敌众大腿中枪，眼看特务已近身，逃无可逃，他想起了根据地首长的交代：一定要保证孤光同志的绝对安全。

刘勇果断拿枪对着自己的头,把想射向敌人的子弹留给了自己,"砰——"。

刘勇就倒在离杨怀义和徐子莹不远的地方,血流了一脸……

杨怀义和徐子莹都看呆了。子莹惊恐地扭过头抱着杨怀义,身子微微有些颤抖,杨怀义紧紧捂着她的头,紧蹙眉头,看着涩谷和马森他们过来查看情况,隔开群众……

杨怀义在子莹背上拍着:"不怕,不怕……不是说少出门吗?这世道不太平……上车吧。"

徐子莹把杨怀义抱得更紧了,闭上眼,还是那个人视死如归的微笑和溅血的脸,而她此时不仅听到了自己重重的心跳和呼吸,也听到了杨怀义的。

"是国栋要吃蛋糕,硬要我找你带我来买。"徐子莹落座后埋怨道。

"这小子就是灾星,非得把他送走不可。我好不容易送他上次幼儿园,还被刺杀。"

司机松本纹丝不动,他见过太多杀人场面,自己也杀过太多。他看着涩谷马森走过来,一起看了下车牌,又飞快对视了一眼。

涩谷走到后座外,隔着车窗敬了个礼。杨怀义很不情愿地缓缓放下车窗,问:"怎么?"

"杨桑和子莹小姐怎么到这里来了?"涩谷礼貌地询问。

"我们来给儿子买蛋糕。"杨怀义答。

现场的路人都被集中起来了,不准离开,涩谷犹豫了一下,还是不敢扣留杨怀义,一挥手,"快回去吧,子莹小姐受惊了!"

佐藤办公室,涩谷和马森挨了顿臭骂,刘勇的自杀,自然是为了保护来接头的重要人物,一条大鱼滑走了。

"我们把咖啡店的顾客和附近的行人都带回去排查了,但有两个人,没敢动。"涩谷欲言又止的样子。

佐藤脸色一紧:"谁?"

涩谷说:"杨将军和徐小姐。"

佐藤一听,脸上放松了一些:"哦,他们为什么在那里?"

马森道:"说是去给孩子买蛋糕的。"

佐藤想了想,说:"是的,国栋最喜欢吃白蔷薇的栗子蛋糕,我也给他买过好多次。"

马森假装不经意地说:"杨将军和徐小姐不早不晚地,恰好遇上了血腥的几分钟,美好的一天全被毁了。"

佐藤看了他一眼。

他后续当然会调查此事,但不会让下属知道上层之间不为一体。

涩谷跟马森对视一眼,赶紧说:"大佐,线索不能就这么断了。马桑想用足这件事，搞个引蛇出洞计划。"

佐藤看向马森，后者马上补充："大佐，咱们不如用报纸放风出去，说这人没死，在陆军医院治疗，上海的中共地下党一定会去救他。"

"嗯，还是你了解共党，你们赶紧去布置。"佐藤说。

涩谷和马森从佐藤办公室出来，开始嘀嘀咕咕。

"次长是不会怀疑杨将军和徐小姐的。但在我眼里，世上没有巧合。"涩谷眼里露着不满和不服。

"我也不信世上有巧合。涩谷君，咱们咬定青山不放松。"马森阿谀道。

佐藤买了白蔷薇的栗子蛋糕，亲自给国栋送去，还故意留在杨公馆吃饭。

晚餐时，佐藤天花乱坠地聊天，然后开着杨怀义和徐子莹的玩笑："这么快就好到把孩子丢下，一起出去喝咖啡了？"

"干爹，是我安排的。我要徐老师去找爸爸给我买蛋糕。"国栋对佐藤得意地挤着眼。

"哦——为什么？"佐藤饶有兴趣。

"这都不懂，约会呗——好孩子要给大人制造单独浪漫的机会。"国栋像小大人似的看着佐藤。

佐藤一听哈哈大笑起来，指着国栋，又指着杨怀义，说真是有其父必有其子。子莹则高傲地望着他们笑。

佐藤走后，杨怀义则变得一脸严肃，探究地看着徐子莹："看在思齐的分上，再次友情提示，世道不太平，好好保重。"

徐子莹火了："你有病吗，阴阳怪气的，明明是你儿子要吃蛋糕。"

做国栋的家庭教师，只是徐子莹的副业，什么亲善大使之类，也仅算一种荣誉，她的主业是汪精卫钦点的新政府中宣部审查委员会官员，负责出版物及电影审查，以及做《中华周报》特别顾问。

之前，她已经到《中华周报》报过到了，从社长那里了解到，这里的副总编竟是年初在日本开东亚文学大会认识的苏露。虽然彼此相处时间不长，但性情爱好非常对味，竟夜长谈东亚文学史上各种珍珠，不知疲累。

不巧的是她第一次来时，苏露正带队在外地采风。等她一回来，社长就马上打电话告知徐子莹。

徐子莹匆匆赶到《中华周报》，社长和苏露已经站在门口恭候。四十来岁的苏露看上去面容姣好，浑身书卷气，目光在镜片后面闪着睿智的光。

三人握手寒暄后，一起往里走。社长非常有心，故意把紧邻苏露的一间办公室，布置成了徐子莹的办公室。

他和苏露陪着徐子莹进到新办公室，这是一个大套房，里间全套红木办公家具，做工很好，外间会客室的红木真皮沙发和茶几、绿植等搭配得雅致又时尚。徐子莹连连感谢。

三人在会客室坐下,一位秘书马上过来泡茶,社长对苏露介绍道:"徐小姐兼任了杨公馆的家庭教师,佐藤次长专门交代子莹小姐主要在家里办公,那你看是不是由你亲自把送审稿子送去杨公馆。"

"没问题,我乐意!"苏露说。

这时一位年轻女性敲门进来,把手里的报纸大样递给社长:"社长,这是今天的大样。"

苏露瞟了一眼:"不是明天才该出报吗?"

"日本人要求的。"社长指着一个大标题,"看吧,就是为这个——《沪治安特别队首战告捷 咖啡厅击伤新四军头目》。"

社长把报纸递给徐子莹,徐子莹说:"吓死我了,我当时就在现场,好恐怖,他直接对着自己的头部开枪,还没死吗?"

苏露看了她一眼。

社长压低声音:"这段时间大家要少出门,尤其不要去人多的地方,局势好像很紧张。"

在场的三个女性都点点头。

7

初遇伍冰

杨怀义走进客厅,见徐子莹和国栋正在沙发上下棋。他招手叫她过去,从包里取出个请柬递给徐子莹。

"给你的,周末晚上的舞会,佐藤让人送过来的。"

徐子莹一边取出请柬,一边问:"什么舞会?"

杨怀义嬉皮笑脸道:"销魂舞会……周末白天正好开一天的会,都是日汪青壮派军警参加,南京的也来,晚上难道不逍遥逍遥?当然得找点你们这些女明星、女作家、女记者、女大学生来联谊联谊嘛。"

徐子莹白了他一眼:"兵痞子!不去!"

国栋突然冒出来说:"英雄爱美女,美女爱英雄!"

"真是有其父必有其子!'小不休'!"徐子莹揪了下国栋的脸,扬长而去。

国栋摸着脸,咕噜一句:"好男不跟女斗。"

联谊舞会办得果然销魂，朦胧的灯光中，飘荡着令人想入非非的靡靡之音，完全不像战时。身穿洋装的潇洒男士和漂亮女郎，或端着酒杯寻找目标，或正成为别人的目标，侍应生穿梭其间，送着美酒和小吃。

一群花枝招展的粉黛中，徐子莹独着一袭泛着丝缎光泽的黑色低胸晚礼裙，衬得皮肤更白，气质更高贵，有种鹤立鸡群的感觉，跟别人聊着天的男士都忍不住用余光偷偷追寻她。

杨怀义心里有点怪怪的不舒服，想这个堂姐与思齐真是天上地下，一个不谙风情，一个却比照安娜·卡列尼娜的心机，想搅动全场男士的心。

佐藤给徐子莹介绍着她不认识的一些军官："……这是日本领事馆的松下武官；这是中国派遣军总司令部山口参谋；这是海军司令部的大岛参谋……"

徐子莹一边礼貌应酬，一边也用余光瞟着杨怀义。后者也没闲着，像蝴蝶在花丛中飞来飞去，不知道说了几句什么，把身边的小姐们逗得莺声燕语地笑。徐子莹心里也不舒服，但极力上提嘴角掩饰着。

舞曲响起了，佐藤把杨怀义叫过来："怀义，你比我帅，第一曲，你来跟子莹小姐跳。"

杨怀义只好鞠躬，做了个请的姿势。不料徐子莹却把手给了佐藤，说第一曲还是要跟佐藤君跳，说完还给了杨怀义一个哂笑。

佐藤只好打个哈哈，说恭敬不如从命。

杨怀义正在尴尬地讪笑，一个年轻女孩恰好走到了身边，他看都没看，也没做邀请姿势，就霸道地揽着她的腰，合着慢三的节奏就跳了起来。

女孩温柔又抗拒的声音响了起来："先生，您也太不绅士了吧！"

杨怀义脑海里突然闪过思齐的嗔怒："四哥，你也太不绅士了吧！"

杨怀义赶紧定睛看了下女孩：二十来岁的样子，齐眉学生头，圆脸圆眼，眉清目秀，目光温柔又坚毅，白色的洋装连衣裙，黑色的低跟皮鞋，虽跟17岁的思齐长相不一样，但简直就是她的神似体。

杨怀义心里一动，问她："你是大学生？"

女孩自豪地说："是的，震旦大学大三。"

正在翩翩起舞的徐子莹也注意到了，跟杨怀义跳舞的女学生简直就是17岁的何思齐的翻版。她极力控制自己不分心，做出与佐藤相谈甚欢的样子。

佐藤却好像知道她心思，赶紧安慰："男人嘛，最会逢场作戏了，找到另一半就会收心。"

一曲终了，子莹马上就被抢走了，而杨怀义也拥着女明星梦梦进入了舞池。当徐子莹和杨怀义目光交汇的一刹那，子莹狠狠地瞪了他一眼，哼，这个人居然不来邀请自己跳，摆什么臭架子！

突然舞池传来一声枪响，女人们尖叫起来，人群乱作一团。

原来是有人向马森开枪，宪兵们马上维护秩序并追拿刺客，马森并没有受伤，也带着弟兄们冲去。

两个侍应生模样的男子分成两个方向逃跑，杨怀义惊讶地发现，之前跟他跳舞的那个女大学生正在掩护一个受伤刺客，她要他往另一个方向跑，并用他的枪开了一枪后往相反方向跑，杨怀义连忙跟了上去，涩谷和马森的人马也在迫近。拖着带血瘸腿的刺杀者很快被击毙了，涩谷、马森命令地毯式搜索每个房间。

追击者的脚步声出现在了拐弯处，女学生眼看要被发现，千钧一发之际她被旁边房间里伸出的一只手拉了进去。门掩上后，女学生发现是杨怀义，她还没来得及发声，杨怀义已经捂住她的嘴："别出声。"

涩谷踢开这个房间时，发现杨怀义正把一个女学生按在墙壁上亲吻。

大家都有些愕然和尴尬。

杨怀义有点恼火地放开了怀里的人，大家一看，正是今晚跟他跳舞那个学生。

"杨将军，你怎么在这儿？"涩谷惊讶却怀疑地问。

杨怀义整理着松弛的领带，气冲冲地回敬："你说我怎么在这儿？"

涩谷只好软下来，说："不好意思，打扰了，我们在抓刺客。这位小姐是……"女孩有点不好意思地低着头。

杨怀义搂着她的腰,理直气壮地说:"我的舞伴,震旦大学的学生。"

涩谷问:"你们在这里多久了?有没有听到什么声音?"

杨怀义不屑地说:"你是在审问我吗?"

说完,他拉着女学生,昂首挺胸就往外面走。有个日本宪兵要拦,被涩谷制止了。杨怀义回头扔下一句话:"我们没有跳完一支舞就来了。"

女学生乖乖跟着杨怀义。拐个弯不见众人后,她偷瞄了他一眼,劫后余生的目光水汪汪的,带着一点感激和崇拜。

他俩手还没放开,就遇到了随后赶来的佐藤和徐子莹。两人看着这一幕,有点没反应过来,杨怀义就牵着女学生旁若无人走了过去,女生羞涩地低着头。

徐子莹冷笑着嗤了一声:"什么人哪!——"

佐藤赶紧安慰:"回头我修理他。"

早餐是杨怀义父子和徐子莹躲不开的碰面。杨怀义喝着咖啡,没有理徐子莹,只有孩子在热情地招呼老师。

徐子莹手里拿着报纸,指着一个标题,对杨怀义说:"昨天晚上的事,今天报纸已经出来了。"

杨怀义慢腾腾拿过来一看,报纸上大标题非常醒目——《沪治安特别队队长遇刺未遂　疑中共报复》。

徐子莹盯着杨怀义，嘲讽道："可真是销魂舞会呢！有的人销魂得什么都不顾了。"

杨怀义抬头看着她，然后叫吴妈领孩子到另外餐厅。

国栋嘟着嘴起身："我知道，又是儿童不宜。"说完倒也乖顺，赶紧走了，吴妈拿着托盘来转移他那一份早餐。

"你想说什么？现在尽情说。"杨怀义还是漫不经心的样子。

徐子莹冷冷地笑道："要想人不知，除非己莫为。我都看见了，你的小美人不简单。你是英雄难过美人关呢？还是想利用她？"

杨怀义笑了："利用她什么？你不搞我们这一行，真是太可惜了。"

徐子莹继续冷笑。

杨怀义翻着报纸，淡淡说："别想太复杂。我这人，就一个优点，怜香惜玉，看不得任何美丽的鲜花凋谢……也包括你。"

徐子莹冷笑："呵呵，话里有话啊。我也不是被吓大的。"

杨怀义揶揄道："我敢吓你吗？我这不都有把柄被你抓着了吗？我难道不怕你随时去告发我？"

徐子莹语塞，气得转身走了。

杨怀义看着她背影思考着：她究竟想干什么？

8

杨怀义的双重价值

这个刺杀事件一经报道便引起了上海地下党的关注和疑惑。

最近，中共上海地下组织被日伪端掉了两个交通站，根据地来人也被俘，局势可谓剑拔弩张。按要求，现在所有的地下组织都应该是"静默、隐蔽、保存实力"，怎么可能还去搞刺杀报复事件？既然报纸披露被击毙的两名刺客是大学生，那会不会就是单纯的进步学生所为？

中共上海地下组织的负责人之一老钱冒着风险，马上秘密会见了震旦大学中共地下党员孙凯。孙凯30多岁，主要负责联系上海高校的进步师生，但是他对此事一无所知，也是今早特务来学校调查他才听说，死去的学生中确实有一个是他联系的中共外围学生组织的骨干。

孙凯回到学校，有一个女同学正在等他，名叫伍冰，正是舞会上杨怀义救下的那个女生。孙凯知道她和死去的王峰同学私下走得比较近,两人思想进步,积极参加各种组织活动,但是他和伍冰并没有直接的联系,伍冰应该也不知道他的真实身份。

"王峰说如果他牺牲了,让我拿着这支钢笔找您。"伍冰红着眼说。

孙凯当然认得那支笔,因为是自己送给王峰的。

"王峰叫我跟他们一起参加一个刺杀行动,让我帮他们打掩护,因为我要去陪舞……"伍冰讲了事情的经过,数度哽咽。

"他有说谁通知他们去的吗?"孙凯问。

"他们没跟我讲这些,还叫我保密。"

"那你们还有哪些人参加了?"

"不是很清楚,我只知道他和张松林。"

"那还请你继续保密,不要对别人讲这些。王峰是个好学生,你要跟其他同学讲你们都要好好学习,保护好自己,不要进行对抗政府的活动。"孙凯叮咛了几句就转身离开,毕竟还不能在伍冰面前暴露自己的中共身份。

"老师——"伍冰叫住了孙凯,欲言又止,一时间热泪盈眶。

孙凯知道自己这样太过冷漠、残忍。这样一个年轻的女孩,刚刚经历了生死劫杀,目睹了同学的牺牲,照理说他应该安慰她,静静地听她诉说,给予她些许支撑和关怀。

是的,这也是伍冰希望的,她真想在老师面前痛哭一场,从头至尾细细汇报一番,包括杨怀义救她的事,但是她也明白,老师现在应该还没法跟她坦诚相见。

"我还有事,找机会再聊。一定要保护好自己,两耳不闻窗外事!"孙凯说完就走了。

刺杀马森的事见报后,苏露拿着稿子来杨公馆送审。两人把稿子摊在一楼客厅一个临窗的桌子上,喝着咖啡,映着窗外的花草,慢慢地看着。

管家总在不远处时不时出现,听到她俩除了臧否稿子好坏,还在讨论哪里有好看的包包鞋子,哪里有特别的小吃,云云。

"苏总编,我久离故国,好想到处看看吃吃,玩遍上海,吃遍上海,不,是苏浙沪……"

"没问题,我来做你的向导。我对上海的犄角旮旯都清楚,对苏浙沪都熟悉!"

"那太好了,我要送你一份礼物。"

"能陪子莹小姐,荣幸之至,怎么能要礼物!"

徐子莹不依,非拉着苏露上楼去她的卧室,拿出一盒印着日文的蜜粉。

苏露一看,受宠若惊,说资生堂都因战争停产三年了,此时还有日本的椿花蜜粉,太金贵了。

管家也带着吴妈上楼来打扫走廊。徐子莹入住杨家后，杨怀义就交代他要盯紧徐子莹，关于她的行动每天晚上都要给他汇报。

夜深人静之时，杨怀义钻到自己床下，找到一块特定地板揭开，露出了地下室的入口。

"乃兄"把新四军根据地的最新动向发给杨怀义，要他喂给佐藤。

杨怀义一边烧电文，一边想，重庆方面被美国人盯着，应该不敢公开联合日本人剿灭反法西斯阵营的同胞共产党，只能暗度陈仓，借刀杀人。

这一年，二战形势真是瞬息万变，日本大本营也坐不住了，一天一个主意，有的计划还没实施就变了。

这天，佐藤就把杨怀义叫到他那个文雅的茶室。两人分别坐在单人沙发上，享受着泡好的野草玄米茶。

"怀义，司令官最终选择了你，由你来担任重庆和谈的联系人，直接与蒋介石指定的人秘密和谈。司令官要你转达给蒋介石，日本高层其实一直最看重的是他，当时找汪先生出来实属无奈之举。"

杨怀义迟疑道："我合适吗？蒋介石恨死我了，他会相信我吗？"

佐藤给他鼓劲："会的！此刻就是最好的联蒋时机。很多情报显示，蒋介石正在掀起又一轮反共高潮。在反共这一点上，日蒋目标一致，拥有共同的敌人就算朋友。另外,为了表示诚意,皇军可以释放一些重庆人士,比如,去年被捕的重庆驻上海地下组织总负责人吴达仁,也可以让重庆方面拟定一个名单,另外双方可以进行有限的物物交换,只要不是战略物资,以此来减轻双方的经济压力。"

杨怀义还没开口说话,佐藤又说:"你先别开口,让我表达下我的诚意。我要送你一个礼物,如你所愿,咱们借这个机会,让国栋跟着他们回重庆。"

杨怀义终于笑了起来:"知我莫如你呀。如此一来,我要拒绝,都不行了。"然后连声夸赞皇军这招很高,可以分化同盟国阵营。

他也准备了情报给佐藤,递过去说:"这是我在重庆的眼线刚提供的情报,中美英三国在华盛顿召开了代号'三叉戟'的会议,预计年底发动印缅反攻。喏,具体情况都在上面。"

佐藤面露喜色地看着:"好啊,我们可以通过蒋介石来调整对我方有利的时间、节奏。大日本帝国的东南亚大反攻也在即,这一仗迟早得打。我们要为大本营提供更多有价值的参考。"

杨怀义顺便提起了舞厅的刺杀,表示不相信是中共所为,中共地下党应该非常谨慎,现在哪里还敢出来活动。

佐藤说中共都是些视死如归的亡命之徒,怎么不敢,无孔不入的中共也许已经知道了马森的使命就是专门对付中共,所以必除之而后快!

就在杨怀义想起身告辞之时,佐藤突然问道:"怀义,军统的投诚者说,上海日汪高层潜藏着一个重庆方面的隐身人,你帮我留意留意。"

"隐身人?"杨怀义不解地看着佐藤。

"对,隐藏得太好了,连马森这个级别的都不知道他的存在。我真想看看他的庐山真面目。"佐藤似笑非笑。

"这算下达任务了吗?经费呢?不可能一直我自掏腰包干活吧?"杨怀义说。

佐藤站起来,逃避似的去放文件,哈哈大笑:"你这个家大业大的财神爷,先垫着吧,有我在,还怕皇军不还你?"

杨怀义嗔怪道:"就是对你不放心!读书的时候,你就蹭我,吃喝嫖赌都是我付钱。"

佐藤竟有些脸红,什么陈年旧事的丑闻都翻出来。现在的他可是堂堂正正、洁身自好、高风亮节的天皇陛下的好战士。好在他知道怀义绝对不会当着外人的面说。

日军开启太平洋战争后,战线拉得太长,财务上捉襟见肘,日本本土居民为了支持战争,不少人都开始啃树皮了,哪还有那么多经费养庞大的境外日军情报机构。上海这边的不少经费都指望着杨怀义的三木商贸公司,佐藤没人时叫他"财神爷",一点不为过。

杨怀义对日本不仅有政治作用,还有经济作用,又知道自己太多事情,佐藤对他一直是又揉又捏又掌控,还不能得罪对方。他笑完，马上给了杨怀义一颗糖，透露说，经济形势紧张，上海很快要实行棉纱、煤球等配给供应，要他赶紧囤货。

杨怀义听了，责怪他不早说。佐藤说这事是绝密，他也是才知道，并要他动静不要太大了。

"钱都没有还囤什么货？"杨怀义试探，"要不，我先拿点紧俏物资去换钱？"

佐藤压低声音说："千万不能流到共区，现在风声紧。"

杨怀义就笑他："不是说河间将军走了，上海就是你我的地盘了，可以横着走吗？"

佐藤严肃道："此一时彼一时。现如今的情况下，通共的帽子谁也戴不起。"

杨怀义看他严肃，只好也严肃起来，说："我有一个主意，能把钱赚了，还落不下把柄。"

"你这鬼脑袋又想出什么主意了？"

杨怀义压低声音说："你不是想让我建个情报网往苏区渗透吗？据说他们缺药品而且愿意花大价钱，咱们就叫人假扮第三方商人，拐几个弯把药品卖给他们，事后再假装败露，让这人顺势逃去根据地，绝对会被共党视为功臣，而我们也赚了大钱。"

佐藤听了，眼皮跳了几下，赶紧说构想有意思，得再琢磨琢磨，不要赔了夫人又折兵。杨怀义早就将佐藤的微表情研究透了,他要是被人无意说中了秘密的话,眼皮总会轻微抖几下。

原来,只有佐藤和涩谷才知道的"雪狼",就是用这招渗透进根据地的。

杨怀义找来税警总团副团长杜云峰,在酒楼包间一边吃喝,一边商量药品、棉纱和煤球的事。

杜云峰原是军统领导的"忠义救国军",被捕后投敌,中统特工郑茹玉通过76号丁默村说情,由周佛海出面保释,将其揽入麾下。后来,周佛海模仿国民政府宋子文的税警总团,搞了自己的税警总团,让杜云峰做了副团长。

杜云峰跟杨怀义一样,也曾留学日本,跟日本人交游广泛,最铁的哥们是日本宪兵队特高课长中村。杨怀义和杜云峰经常联手做事,共同赚钱。

还未酒足饭饱,他俩已经合计出了几个计划,兴奋得仿佛马上就可以数钱了。"卖给四爷不会有问题吧?李默、万鹏这帮孙子可是听不得咱们风吹草动的!"杜云峰那满脸红光的脸上突然又有了一丝疑虑。

"放心!佐藤默许的还有问题?咱们兄弟联手还杀不过他们!"杨怀义"嗤——"了一声,端起酒杯一饮而尽。

"杀了!——痛快!——"杜云峰手往桌子上重重一拍,也端起酒杯一饮而尽。

9

以约会之名

杨怀义穿着笔挺的西装和锃亮的皮鞋，梳着发脚精细的头发，一副风流公子的模样来到震旦大学，要门房去通报伍冰，家里亲戚找她。伍冰出来一看树荫下站着的杨怀义，有点意外。

"你来干什么？"伍冰说完，小心地左右看了看。

杨怀义痞笑着说："我不是说过要约会你吗？伍冰同学，我说到做到。来，咱们认识一下。"

他递过去两张名片。伍冰拿过来，一张写着"大东亚政治文化研究院院长"，一张写着"上海三木公司总经理"。

"职位很多呀，又是文化人，又是商人。"伍冰淡淡地笑，有丝讥讽。

"这年头，多挂几块牌子好骗人，不过是草台班子而已。"

"杨总太谦虚了！我看连日本兵也怕你?"伍冰看着杨怀义。

"狐假虎威吧。你知道日军联络处次长佐藤吧,我跟他是同学。"

"那你干嘛要帮我?"伍冰更加不解了。言外之意,他俩不是一条道上的。

杨怀义看了看树影斑驳的校园,说:"我不想看到美丽的鲜花凋谢。"

伍冰听了,想了想,做出要离开的样子:"知道了,谢谢。"

杨怀义却不依不饶,伸出手拦住她,继续说:"战争让女人走开。女孩不应该过问政治,更不该打打杀杀。"

"你是来感化我的吗?"伍冰面色一冷。

"我是来约会你的。"杨怀义笑着说完,凑近她,压低了声音,"你长得真像我死去的妻子。"

伍冰听了,立马露出凛然不可侵犯的神色,不卑不亢道:"抱歉,杨先生,我没有时间约会,也不想做谁的替代品。另外,我也赞同你的建议,女孩子不要过问政治,要两耳不闻窗外事。我正在准备赴日留学考试……"

"太好了。"话还没说完,杨怀义又狡黠地凑过去,"这事我可以帮你,而且只有我才能帮你……否则你政审就通不过。"杨怀义故意在最后一点停顿了很久。

"杨先生在要挟小女子。"伍冰不卑不亢地看着他。

"是追求！是保护！只有我才能保护你！"杨怀义露出得意的微笑。

他俩说话这会儿，树林里至少有两拨人在偷窥。杨怀义知道有一拨是自己人，受他命令监视伍冰，另一拨当然就是马森的手下了。

公园的湖边，奉命监视伍冰的下属把几张照片送到了杨怀义手上。

伍冰并不像自己说的两耳不闻窗外事，而是和一个青年男人悄悄出现在陆军医院，在涩谷马森设计的"抢救负伤中共"陷阱里东看西看。

"这个男子是谁？"

"不知道，可能是她的同学。"

杨怀义回家后，拿着伍冰的照片，想起思齐很多往事。

有一次，思齐也是跟她的同志傻傻闯进圈套，要去医院救一个受伤的共产党，却不知国民党早已布下了重重机关。杨怀义派出的人送来的照片，跟今天伍冰踩点的样子何其相似，历史仿佛一直在重演。

杨怀义赶去告诉思齐，那名共党已经死了，医院就是圈套。思齐犟得很，硬是不信，非要去营救。杨怀义只好把她铐住，塞住嘴，关在房里，守着她。直到第二天早晨，报纸报道《昨夜共党劫医院，进门五分钟就被全部击毙》，她看了新闻，才心有余悸。

杨怀义因为整天担心思齐的安危，几乎感觉要崩溃了。他只好设计了一个圈套。让思齐借他的车和通行证，掩护共产党出城。杨怀义却在途中反水，让自己安插在警察内部的兄弟拦住车，抓捕了那个共产党。

何思齐气得晕了过去，等到她醒来，杨怀义守在床边跟她单独谈判，如果她愿意去美国留学，他就救出那名共党。

在何思齐心里，同志的性命当然比天大，她只好哭着答应了。

分别的情形还历历在目：

"等你大学毕业，我就去接你回来结婚。"

"我不想嫁给你。"

"可我非你不娶，你嫁给谁我都要去抢婚。"

"你不怕我是共产党，连累你？"

"管你什么共，我都可以改造你。"

对于他霸道的毒舌，思齐从来是以默默的行动来回击。她狠狠地瞪着他，狠狠地挣脱他的怀抱，他只好作罢，不想竟成永远的遗憾。

直到出车祸离开这个世界，何思齐都不知道，她的四哥根本没让那个共产党抓，更没出卖过她的同志，这只是为了救她而演的一出戏。

伍冰医院踩点的照片在杨怀义手里揉皱了,他才红着眼眶从回忆中回过神来。这一次,他有了某种幻觉——阻止伍冰,就是阻止当年的思齐。

他马上打电话到震旦大学的女生宿舍,要请伍冰喝咖啡。伍冰显得有点犹豫,说要看是否有时间,回头再答复他。

她放下电话,抱着班上的一摞作业,去敲孙凯宿舍的门。

之前,她已经把杨怀义追求她的事向孙凯汇报了,但是没有说救她一事,她怕老师对她误解而不信任她,而孙凯也很快弄清楚了杨怀义的身份,沪上著名的大汉奸,他的三木商贸公司和远东政治文化研究院,其实都是隶属于上海陆军联络部的外围情报机构,但是他的手上倒没有直接沾着中国人的血,没有76号那么暴力和血腥。

伍冰没想到这次孙凯却说:"我思来想去,接近这种大汉奸的机会很难得。你不如将计就计,跟他周旋,但首先是要保护好自己。"

伍冰就说:"老师放心吧。我觉得杨怀义比较彬彬有礼,不会用强。"

孙凯想了想说:"这也许是最可怕的——成熟男人用温柔与魅力诱骗你们这些涉世未深的小姑娘。"

"不可能!——老师,请相信我!"伍冰一脸笃定地看着孙凯。

孙凯也被她的热忱和执着感染，这是棵好苗子，他应该保护她的积极性，于是点点头，非常详细地思考了各种可能突发情况，——教她如何应对，然后才允许她去应约。

杨怀义还是选择了白蔷薇西餐厅，还是点了栗子蛋糕就着意式咖啡。

杨怀义看伍冰吃得津津有味，拿叉子的样子像极了思齐，别的女孩是小指微翘，思齐和伍冰是食指微翘。男人一时看得眼眶都有点湿润了。

"好吃吗？我儿子特别喜欢吃这家的蛋糕。"杨怀义闪回现实，忍不住问。

伍冰"嗯嗯"点头，模样像极了娇憨的思齐。

杨怀义又问："你过去知道这家咖啡厅吗？"

伍冰摇头，说第一次来。

杨怀义说："上周有个新四军头目被特别行动队击毙在外面。"

伍冰张大眼睛，反问了一句："击毙？"

"是啊，我正好来给儿子买蛋糕，就在那个位置，"杨怀义指了下窗外，然后用手做成手枪状，对着自己太阳穴，继续说，"我亲眼看到那人对着这里，嘣，开枪自杀，惨不忍睹。"

伍冰不作声了，若有所思。

杨怀义看她那样,趁机教育起来:"所以,你一个女孩子,不该做的事千万别做。现在上海大抓抗日分子,宁可错杀一千,不可漏过一个。"

伍冰看着杨怀义,表情意义不明。

"要不,到我研究院来兼职上班吧!你不是在准备赴日留学吗,研究院可以帮你写推荐信,还可以提供奖学金。"杨怀义一笑,张开手臂,发出邀请。

伍冰微笑说:"好啊。我回去考虑下。"

杨怀义又坏坏地笑笑,低声说:"最重要的是,方便约会。"

伍冰假装没听见,赶紧低头喝咖啡。

两人正温馨地聊着,突然发现徐子莹牵着国栋杵在面前。

"爸爸,你干嘛躲着我和徐老师,偷偷跟别人一起吃蛋糕?"国栋嘟着嘴,一脸不高兴。

杨怀义站了起来,摸着国栋的头:"咦,你们怎么在这里?"

徐子莹没好气地说:"你们怎么在这里!"

国栋说:"爸爸,我们来买栗子蛋糕。"

徐子莹说:"国栋,叫爸爸带你去选。"

杨怀义自是有一万个借口,也不可能丢下儿子陪着伍冰。他只好叮嘱伍冰慢慢吃,自己则牵着国栋去选蛋糕了。

徐子莹坐下来,看了看伍冰,故意拿起杨怀义的咖啡喝了一口,暗示有亲昵关系。她说:"等怀义回来,你就主动告辞。我们仨不太习惯有旁人在。"

伍冰马上说:"不用等,我现在就去向杨总告辞。"

10

伪装之下

在"白蔷薇"碰面后,徐子莹虽然在家进进出出,但都不怎么理杨怀义。她本来晚上就爱出去社交,这阵去得更勤了,而且经常是跟佐藤在一起。

佐藤给徐子莹介绍了不少日本军界的朋友,有时喝多了,他会对人吹嘘,说子莹带着久宫亲王的使命而来,这不仅给她增加了神秘感,也让人对佐藤更加敬畏。

酒吧舞厅容易激发人的欲望,也有刚从战场下来的军官,喝醉了不管不顾,一见徐子莹典雅的容貌与高贵的气质,简直不能自已。有次舞曲起来,两个青年军官同时在她面前弯下腰,做出邀请的姿势。她还没来得及接受或拒绝,两个血气方刚的日本青年就争执起来,都说是自己先邀请的徐小姐,一句递一句的,两人竟打了起来。他们一边打,一边还伸手过来,一人拽住徐子莹一只手,非要她先跟自己跳一曲。

徐子莹刚一尖叫，杨怀义就不知从哪里冲了出来，先是一把孵开两个男人的手，然后对着他俩的脸，各打了一拳。

打架的两情敌突然清醒过来，结成同盟，一起围攻杨怀义。

所幸佐藤一挥手，一队宪兵涌上来，拿枪团团围住，两人才清醒过来，知道惹上事了。佐藤命涩谷上去，一人赏了两耳光，又让他们给徐小姐道歉。

直到佐藤和杨怀义护着徐子莹离开，那两人还在深深鞠躬，不敢抬头。据说他俩很快就被调回了前线。

那次回家，徐子莹没要佐藤送，坐的是杨怀义的车。她在车上带着一点嘲讽的语气问他，是不是关心她了？杨怀义一听，立马恢复了骄傲，说只是看在思齐的分上。转而又讽刺她，灯红酒绿的夜场才是她的耀眼舞台，何苦来他家做家教。

徐子莹也不示弱，说："我是替地下的思齐守着你。思齐肯定希望你身边的女人是我，而不是别人。"

这晚徐子莹去的是日本人最多的海军俱乐部，却不知道杨怀义又跟了来。

娇艳的女歌手在台上深情地唱着《何日君再来》，台下有人翩翩起舞，有人觥筹交错，各自交谈。杨怀义目光巡睃了一圈，才发现徐子莹正跟一个40多岁的男人一边跳舞,一边交谈。

一曲终了,他俩从舞池回座位。徐子莹宝蓝色裙子上面镶嵌的水钻,在朦胧的灯光中熠熠闪耀,把她衬托得像个公主。

他们回到的座位上,另外还有两个男子,一个是日本领事馆的松下,另一个是德国领事馆的武官安德鲁。安德鲁的眼光入迷地落在徐子莹身上,直到她在他身边坐下。

"子莹小姐今晚就像最珍稀最美丽的蓝蝴蝶,好迷人!"安德鲁赞叹。

"嗤——"一旁的松下嘲笑,"你们德国人会不会赞美人啊?蝴蝶有人美吗?赞子莹小姐要说沉鱼落雁、闭月羞花、国色天香。"

安德鲁哈哈笑起来:"算了吧,你们日本人,好不容易说句有文化的话,全是中国成语。日本有自己的文化吗,都是学中国,学我们德国。"

松下的脸一下挂不住了,趁着酒劲咆哮:"胡说!要不看在你是友军的分上,我一定揍扁你!"

安德鲁早已喝得半醉,也不示弱,叫嚣道:"走,出去,单挑。"

徐子莹连忙举起酒杯当和事佬:"大东亚共荣,轴心国协力,我们都是兄弟姐妹!"

这当儿,和子莹跳舞的中年男子终于开口了。他说:"松下,我们日本人是最有素质的,在子莹小姐面前要注意绅士风度,不得粗鄙,在友军面前更要注意团结礼貌。"

松下突然酒醒了一半,赶紧起身,毕恭毕敬站着,低头说:"将军教诲得极是!"

将军看着子莹,继续说:"除了美丽,我更钦慕子莹小姐的才华。子莹小姐的文章我每篇都拜读,并剪贴收藏,她的文字比我们的枪炮更有力量。我们是'枪部队',子莹小姐是'笔部队'。"

松下赶紧说:"是的,将军!"

徐子莹感动得举起酒杯:"谢将军抬爱!将军如此谬赞,子莹惭愧。"

大家碰杯,喝过一巡,有些熟悉的美女过来跟男人们打招呼,亲昵寒暄。徐子莹突然看见马森在不远处的一桌,向松下等人示意后,拿着酒杯走了过去。

马森正和一群人面红耳赤地干杯,庆祝最近的剿共成绩。徐子莹却冷不丁出现在了旁边,端着酒杯说:"这不是马队长吗?"

醉眼朦胧的马森抬起头,怔了一下,又回过了神来。他马上露出受宠若惊之色,站起来,行日式鞠躬礼,说:"啊——子莹小姐好!"

徐子莹盈盈一笑,回了个"你好",看着其他人齐齐站了起来鞠躬,而桌上摆满了好酒。她就问:"这么多酒,是在开庆功会吗?"

马森有点不好意思,说:"嘿嘿,犒劳犒劳兄弟们。"

徐子莹举杯说:"祝贺啊!改天我给你们写篇文章,宣传宣传你们抓共谍的功劳。"

马森露出更加受宠若惊的神情,连忙双手举杯道:"不胜荣幸,兄弟们何德何能,能让子莹小姐亲自动笔。子莹小姐的如椽巨笔,可是为汪主席为皇军写大文章的。我先干两杯为敬!"他的手下也都举杯,纷纷说谢谢子莹小姐,然后将手中的酒一饮而尽。

徐子莹看着马森的表情,知道自己的鼓吹是他此阶段升官发财最需要的。她莞尔一笑,要他们接着喝,然后转身离开。

恭送她的马森还没坐下,徐子莹又停下来,扭过头说:"对了,不知能不能请马队长帮个小忙?"

马森赶紧上前几步,避开众人,低声讨好说:"您尽管说。马某能为子莹小姐效劳,不胜荣幸。"

子莹表情略带不爽地说:"那天舞会上,有个女孩老是缠着怀义,你方不方便叫她离怀义远点?"

"您说的是震旦大学的伍冰吧,她……"马森神秘说完,又讳莫如深地突然停了下来。

"你说吧,我嘴巴很严。"

马森就说:"这人有中共嫌疑,或者,至少加入了外围学生组织。我们已经盯上她了。"

徐子莹假装惊讶不已,轻声叹息:"天哪,知人知面不知心。"

根据地刘然一直没收到刘勇的消息,知道凶多吉少,接头可能失败了。

"孤光"的存在,是中共情报线最高的机密之一,不可随便派人接头,刘然打算亲自冒险来沪,不想延安来电,要他去参加重要会议。

刘然左思右想,想到了苏露。原来《中华周报》的苏露也是受南方局领导的中共卧底,从左联时期就战斗在上海,其实上海的那批老党员很多都认识她。汪伪政权成立后,这个小布尔乔亚女作家就成了文化汉奸,有一大群汪伪中上层朋友,还深得汪精卫夫人赏识,她的真实身份在上海只有少数几个领导知道,刘然是她的上级和联系人,刘然去根据地后,她的电台便直通根据地。

但是刘然也很犹豫,苏露的工作很成功也很重要,要她做"孤光"的联系人,意味着她要保护"孤光",必要时得为掩护"孤光"而牺牲自己。

正好苏露发来电报,说伍冰已暴露,要上级通知上海地下组织不要去医院实施营救,那是个陷阱。她建议全员静默,有条件的同志先撤退。

但是已经来不及了。

福记中药店没死的那个地下党员老陆,遭受数次酷刑后只字不吐,几次自杀也未遂,却被涩谷用吐真剂掏出了紧急联系方式。

马森派手下按照刚获得的紧急联系方式，去兰馨剧院门口，在指定的第二个柱子遮着的海报上，用铅笔在纸张的两腰画了很小的圈，利用演出时间约定了见面时间。

那天，马森的手下阿根在兰馨剧院门口说出接头暗号，与孙凯对接上了。

阿根介绍了自己那个小组的情况后，就让孙凯派人协助去陆军医院营救根据地来的刘勇。

孙凯没有同意，说现在整个地下组织破坏严重，应该隐蔽。

"你太让人寒心了，见死不救，这样谁还愿意做革命工作？你们知识分子就是这样，太不勇敢，贪生怕死！"阿根很激动。

"在地下工作中，缜密比勇敢更重要。"孙凯冷静回复。

一来二去，两人就是说不到一块，差点吵起来。孙凯到底有老师的特点，非常克制地跟阿根讲道理，说地下工作如履薄冰，不能冲动，不能蛮干，否则组织付出的代价更大。

阿根点头称是，心里却淌过一片嘲讽，眼前这个自诩周密的大学老师，完全不知自己已被盯上。

其后，孙凯又用秘密的方式接头过老钱等几名同志，一时间，牵出藤蔓带着瓜，马森那里记录在案的中共党员已经有五个。

涩谷惊喜万分，叫马森养好一池鱼，千万不要打草惊蛇。

11

敌人的敌人就是朋友

伍冰换了身洋装,来三木公司报到了。

明眼人都看得出来,杨总对这个新来的秘书关照有加,看她的目光都不一样。中午或晚上有空闲,杨怀义还会绅士地请她吃饭,并打着维护公司形象的名义,带她去买配得上三木公司档次的衣服和鞋子。

有天杨怀义约佐藤在夜总会喝酒,也带上了伍冰。

看杨怀义把伍冰从一个女学生,变成了穿着入时的女职员,此刻正在他面前低头斯文地啜着女士饮料,佐藤觑起眼睛,深有感触。他知道杨怀义那个清纯的世家妹妹死了,之后他似乎都在寻找那一类型的女人替代她,国栋的妈妈也是。

觥筹交错间,杨怀义对佐藤耳语:"你觉得我的女人怎么样?你要喜欢,我也帮你找一个。"

佐藤见伍冰去上洗手间了,就批评杨怀义:"咱们担负着帝国的使命来到上海,你要收敛风流的毛病,免得被敌人钻空子。要爱就爱子莹这种信得过的人,专心对子莹好。"

杨怀义就说:"伍冰要是敌人才好呢,我正好使用美男计,跟她接近,深入敌营,相爱相杀,多有意思。"

佐藤叹口气,戏谑地指着他:"你呀你呀——跟中共斗,你肯定不行,你也只能跟和你一样贪财好色、贪生怕死的重庆分子玩玩。"

"别激将我哈!我这次还真想跟中共玩玩,别看不起人哈!"杨怀义还是那副吊儿郎当的样子。

"好——你给我快点把共区情报网建起来,别光说不做,你上次的想法细化了吗?"

杨怀义点点头,凑近他,道出派遣思路。

进入根据地一直是个难题,杨怀义简单说了几个渠道:一、飞行员和飞机上携带假情报,轰炸根据地时被击落;二、清乡时假投降真卧底;三、趁这次中共上海地下组织破坏严重,往监狱中掺沙子,让他们被营救逃回根据地;四、假扮成通共的商人;五、假装被策反的汪伪官员。

佐藤频频点头,面露喜色,要他尽快落实实施,并表示会让涩谷配合他。

"好——"杨怀义和佐藤干杯,杨怀义指着正走过来的伍冰一本正经地说,"这是我的小美人,你叫涩谷、马森之流不许碰她。"

等了一天又一天,医院一直没有共党来劫狱,被跟踪的几名共党不知道为什么,也消失了三名。涩谷、马森不甘心收网,还指望孙凯和老钱能引来更多的地下党。

与此同时,涩谷越发怀疑杨怀义,认为他应该看清了刘勇是对着太阳穴开枪的。

这时佐藤却给他布置了一个任务,让他配合杨怀义,把共区情报网搞起来。

"这个任务已经有名字了,叫水滴计划,也就是渗透计划。"佐藤得意地说。

涩谷以为他越发信任杨怀义了,想提醒他杨怀义不是大和民族的人,而且他身上的巧合太多了,但他不敢说出来,最耻辱的是他堂堂一个大日本帝国的上尉居然要反过来协助一个支那人工作。

樱谷居酒屋的日本菜很地道,暗里守卫又森严,日汪中高层都爱来这里喝酒。当晚的居酒屋,跟往常一样满座,来人都是上海滩的显贵以及显贵的周边关系。

在一间包房里,杨怀义正和一个男子对坐在榻榻米上谈生意。桌上摆着刺身、天妇罗和大阪烧,也摆着杨怀义最爱喝的旭酒造系列清酒。

"价格不能再少了,现在根本拿不到货,查出来是要……"男子说完,做了下抹脖子的动作。

杨怀义就说:"咱们两兄弟之间还信不过啊?放心,他们海军搞得更猛,武器都走私出来了,这点药品算什么。"

"真的没有了,陆军自己都缺药品……"男子凑近杨怀义,压低声音,"你要的都是救命的药。"

杨怀义突然感觉有人在外偷听,马上起身去开门,却只看到拐弯处的一个背影。他联想到最近办公室电话里发现的窃听器,决定今天就让探子现形。

和男子出门分手后,他故意引跟踪的"尾巴"走上一条僻静的小路,选了个合适的位置,突然转身,对着那人的大腿就是一枪。

杨怀义冲上去,按住那人问:"说,你是谁?"

那人只呻吟,不作声。杨怀义一把脱下他的鞋,看他穿着分趾的日本军袜,心里顿时明白了八九分。

第二天,他怒气冲冲地闯进佐藤办公室,把窃听器往佐藤办公桌一扔,大声说:"佐藤,你什么意思?"

佐藤诧异地看着他,又拿起桌上的窃听器端详。

杨怀义说:"我办公室的电话居然被装了窃听器,还有日本兵跟踪监视我,你别跟我说你不知道!"

"我当然不知道!"佐藤提起一个电话,说,"把涩谷给我叫来。"

涩谷来了,一见桌上的窃听器,马上低下了头。

"连我的话都不听了,你可以擅自行动了?!"佐藤训斥道。

涩谷辩解:"我只是没来得及汇报,不敢,也不会瞒着大佐。"

佐藤轻蔑地哼了一声:"别以为我不知道你打的什么主意!那些雕虫小技瞒得过我?我不说不等于我不知道。"

涩谷不作声了。佐藤温和了一点声音,说:"你跟他斗,还嫩了点。他昨天可以打伤你的人一条腿,下次就不是腿了。我跟你说过,你别怀疑杨怀义是中共了。用你的脑子想想,他出生在什么家族。一两个省都是他家的,不比我们佐藤家族在日本的势力差。他整个家族都是著名的亲日反共派,也被共党反,他在娘胎里就是反共的。你不要跑偏了方向,老揪着他不放。"

涩谷语塞,嗫嚅着说:"属下……"

佐藤打断了他:"再不听指挥,我就让你去太平洋战场。"

涩谷马上立正,低头说:"属下知道了。"

以前,他还只是情绪上对杨怀义不满,如今佐藤居然要他配合杨怀义工作,而且还因为杨怀义把他当猪狗一样地训斥,这下,他真是对杨怀义像仇人一样痛恨,连晚上做梦,都梦见把杨怀义当军统或共党抓了,而佐藤大惊失色,后悔不已。

一定不能放过杨怀义,自己和马森的人不行,就借别人的，涩谷打定了主意。居酒屋一个包房内，涩谷请特高课的好友荒尾喝酒，给他讲了这些事。

荒尾拍着他的肩膀安慰他，让他想开点："我们是下级，不能以下犯上。"

涩谷大着舌头说："他，不过是一个支那人，凭什么让佐藤次长那么重视，那么亲密相待？凭什么……他一个支那人凭什么对我们帝国军人高高在上，傲慢无礼?！我实在无法忍受！"

"这就是不公平的门阀等级制度。他们两家都是名门望族，父辈又是好友，而我们在日本只是平民，他们骨子里是瞧不起我们的，所以哪怕他是支那人，他对我们也有优越感，哪怕他是支那人，佐藤次长也能跟他做朋友。"荒尾愤愤不平却又只能认命。

"不，寒门也能出仕子！我一定要证明我也是帝国的精英，是天皇最忠诚最优秀的士兵。我一定要让佐藤高看我，我一定要证明我的判断是对的，杨怀义一定有问题，佐藤次长一定被蒙蔽了双眼！"涩谷急速说完，把酒杯杵在了桌上。荒尾吓了一跳，示意他小声点，"涩谷君，小心隔墙有耳……"

"不怕！我说的都是事实！"酒精的作用让涩谷异常强硬，他突然站起来，深深鞠躬，道出了他今天来的目的。

"荒尾君，你一定要借我一个过硬的人用，我要把杨怀义的底牌掀开。拜托了！"

荒尾也继续他之前已经表明的态度："别傻了，涩谷君，你证明了你是对的又怎么样？证明了杨怀义有问题，又怎么样？佐藤非但不会感谢你、提拔你，反而会打压你，你甚至会给自己招来杀身之祸，因为你证明了他的愚蠢和错误。"

"不，我做不到只顾个人安危。我要为天皇陛下效忠！"涩谷有些歇斯底里。

荒尾到底还是没有借人给涩谷，涩谷闷闷不乐，迷上了杯中之物，有空就去喝酒。从本来的一瓶半瓶清酒，练到如今两三瓶的酒量。

有天他正在包间独酌，76号副主任李默推门进来，二话不说，拿起酒杯就陪他喝，同时还点了好些个涩谷不常消费的美味，比如家乡的烤金吉鱼。

李默作为76号的特务头子，已经权倾上海，富甲一方，但他还是不满足，因为杨怀义是佐藤的左膀右臂，更是许多日军军官的朋友，而且两人又彼此看对方不顺眼。近段时间，李默发现佐藤越来越讨厌自己，连抓中共的事都少让他参与，而是策反了一个马森，还给他成立了一个特别行动队，并且这个行动队还可以监视76号，而这些李默认为都有杨怀义的功劳。最近，这个杨怀义伙同杜云峰越来越挡自己和弟兄们的财路，双方在收购棉纱和煤球的事情上大打出手。今天自己又被佐藤训斥了一通，说这几天在对沪上工商界的走访中，好几个资本家给他投诉自己的亲信万鹏对他们敲诈勒索、强取豪夺，他们已经被榨干了，也准备收山了。佐藤警告他，如果再管不好自己的人，再去抢夺资本家，就还要削76号的权。李默吓得胆战心惊，而心里却认为这是杨怀义在背后捣鬼，甚至那些告状的资本家就是杨怀义找的。敌人的敌人就是朋友。李默早在寻找着同样看杨怀义不顺眼的人，最好是日本人，耳目众多的他近期发现了涩谷，如获至宝，于是今天便主动找上门来了。

几杯酒下肚，两人发誓一定要共同对付杨怀义。

"既然你不方便用自己的人监视他，我有的是人！"李默说。

"天知地知你知我知！"涩谷举杯和李默干杯。

李默决定派他的亲信万鹏充当马前卒，这人本身名声就烂了，如果出了什么事也可以推到他身上。

万鹏何许人也？无恶不作，上海滩出了名的大恶人，同时还是个"烧包"，文化不高却想附庸风雅，搜刮一干资本家后，竟买下自家旁边的别墅送给李默，模仿杜月笙和朋友毗邻而居。而且搬家的那天，万鹏操办了三天流水席，请来一群名角唱堂会，锣鼓喧天，不仅惹怒了大批被他勒索过的资本家，也让汪伪不少高层不满，瞅着机会就给日本人告状。当然也少不了杨怀义和杜云峰的推波助澜。

12

监视

佐藤虽然表面上不许涩谷监视杨怀义,心里却盘算着。

今天,徐子莹正在给国栋上英文课,杨管家就带着佐藤和副官进来了,副官两手提着五颜六色的礼物盒子。

佐藤满脸笑容,俯下身子,伸出双手喊:"儿子!"

国栋一见,也赶紧放下一切,扑进他怀里:"干爹!"

佐藤抱着孩子亲了下,问:"想干爹了没有?"

孩子迭声说想。

佐藤从副官手里拿过一个盒子,一边打开,一边蹲下说:"干爹给你一份特别礼物,属于男孩子的礼物……看,日本军刀,干爹用过的军刀。"

国栋惊喜地叫了一声,接过军刀就玩了起来。

佐藤一边指导,一边说:"干爹在你这么大的时候,已经舞刀弄枪了,你爸也是。你也要做个血性男儿。"

国栋说着好,眼睛已经离不开军刀了。佐藤要副官带国栋去院子里练习。

房间里只剩下佐藤和徐子莹,佐藤做个了请的姿势。他俩一起坐在了阔大的红木镶嵌真皮的沙发上。佐藤打开了另一个盒子,说:"久宫亲王说子莹小姐的枪法很好,看看,喜欢这个吗?"

他取出一把镶嵌钻石的小手枪,徐子莹眼睛都看直了。她接过来一边摆弄,一边赞叹,问:"这是德国PPK手枪?"

佐藤鼓掌道:"子莹小姐果然识货。这是我专门跟德国朋友讨要的,用了一卡车的物资来交换。"

徐子莹再度激动地张大嘴,然后靠近佐藤,神秘地笑:"这是对我的奖励吗?因为我向你报告了杨怀义掩护女学生的事?"

"不是,不是,别误会!"佐藤连忙澄清,"这不是奖励,也不是回报,只是礼物!只要子莹小姐高兴,天上的月亮我都要想办法给你,我的女神。"

徐子莹赶紧站起,调皮地行了个日式鞠躬礼:"谢谢!"

佐藤示意她坐下,继续说:"他呀,见个美女就会忘乎所以,挺身而出,不过请子莹小姐放心,他的热度也持续不了多久。但是现在想要接近怀义的人太多了,重庆、中共,甚至美国人英国人,搞情报的,奸商,贪官……而且你知道这些人擅长使用美人计，我们也要用美人计，哈哈哈——所以才拜托子莹小姐做我干儿子的家庭教师，帮我看好保护好怀义不要被别有用心的人拉下水。当然，你此次回国有亲王交给你的重要使命，但宗旨都是一样的。你俩都是帝国最可靠的朋友。"

徐子莹用开玩笑的语气说："好，我用你的枪，帮你赶走他身边的坏人！"

她拿着镶钻的PPK手枪做了个瞄准的动作，佐藤哈哈大笑了起来。

"对，尤其要瞄准坏女人、美女蛇。想给我干儿子当继母的女人太多了，我觉得只有你和怀义才是天作之合，所以安排你来杨家。我希望你们能成为一家人，只是不知道这会不会委屈了你？"

徐子莹害羞地低下头，轻声说："只要他不那么风流……"

"哈哈，我会让他对你专一……"佐藤话锋一转，"对了，你不是有枪吗？用枪和智慧来守着你的男人嘛。我站你这边。"

徐子莹害羞地说："成交。"

佐藤继续开着玩笑："人家都说中国的大户人家，家家有密室密道，你要弄清楚，免得怀义暗度陈仓出去幽会。还有秘密电台呀，秘密小金库呀，秘密眼线呀，这些都是女人需要掌握的男人的命脉，尤其是对怀义这种比别人聪明一百倍的男人。"

徐子莹心领神会,笑着低声说:"谢谢佐藤君点拨。"

到了半夜两点,徐子莹还躺在床上看手表。

少顷,她翻身起床,把窗帘扒开一条缝看了看外面,又光着脚贴在门后听了听,然后才蹑手蹑脚开了门,出了卧室,下了楼。她到了书房门口,从衣服口袋掏出像钢丝样的东西开门,闪身进去,关上了门。

她打开微型电筒,四面扫射,目光停留在一幅画前。徐子莹取下画,将后面的墙壁用手敲遍,似乎没什么发现,又把目光停留在了整面靠墙打造的书柜上。

此时,杨怀义正在书柜背后的密道连着的密室里收发电报。

军统的"乃兄"回电——通过日本人之手打击中共,提供八路军和新四军根据地驻军及火力配置情报给日军。

杨怀义一边烧电报,一边皱着眉头思考着什么。

杨怀义的头顶上,徐子莹已经打开书架下面柜子里一个抽屉,拉开来,里面有围巾、墨镜、钱包、信件等东西。其中一个相框放着的是思齐和杨怀义的合影,照片上思齐的发型正和伍冰一样。

徐子莹继续查看书柜,把很多书推开,推推拉拉拍拍。

杨怀义收好发报机,从密道往回走,到了书柜后面,却听到有动静。他警觉地熄灭手电,从旁边的一个柜子一跃而上,取开一块板,爬出去的地方是二楼他的卧室床下。

徐子莹终于发现了一处位置,很像隐藏门,上面还有一个暗锁。徐子莹又掏出钢丝捣弄,一个男人的声音却从后面传来了:"徐小姐,你到底要找什么?"

徐子莹一惊,钢丝掉在了地上。她转头一看,杨怀义正站在门口。

杨怀义走进来,打开灯,说:"你想要什么可以问我,这种行为有伤你的大雅吧。"徐子莹竟不尴尬不害怕,反而挑衅般说:"我想看看你是不是还记着思齐妹妹。"

杨怀义走到她面前。她突然看见他穿着的睡衣领子很低,露出了胸口的玉佩。

徐子莹一把抓起他的玉佩,有些激动地说:"这就是跟思齐同款的玉佩吗?她说是你父亲为你们俩定制的?"

杨怀义扯回玉佩,没说话。

徐子莹缓下来,指着那一抽屉的东西,感伤又感动:"这都是思齐送给你的吧?我替思齐谢谢你。谢谢你结婚了,有小孩了,还珍藏着这些东西。"

"够了,不要再转移话题,不要再提思齐!你到底想干什么?你到底是谁?"杨怀义打断了她。

徐子莹根本不理睬他,再次转回身去,仔细端详思齐的照片,好像在自言自语:"你喜欢伍冰,是在她身上找思齐的感觉吗？是把对思齐的歉疚，移情到伍冰身上，对吗？可是，你为什么不能弥补到我身上，我才是思齐的亲姐姐，而且，我跟她从小就长得那么像，小时候还见过你。"

杨怀义还是没说话，但提起思齐，他的心潮有点起伏。

徐子莹察觉到了，走近一步，抱住怀义说："你说呀，你为什么不能对我好？"

杨怀义一把推开子莹，冷冷地说："够了，我警告你，如果想在这个家待下去，就要守规矩！"

徐子莹愤愤地转身离开，扔下一句话："我一定会赶走你身边的所有女人！"

徐子莹说到做到，第二天就瞄准杨怀义不在的机会去了研究院。伍冰和一个男同事正在伏案整理文件，徐子莹却在院长助理的陪同下，气势汹汹走了进来。助理使个眼色，让伍冰旁边那个男同事出去回避。

助理向伍冰介绍："伍小姐，这是杨总的女朋友，大东亚共荣形象大使，著名作家徐子莹小姐。"

他说完就退了出去。伍冰不卑不亢地看着徐子莹。

徐子莹又冷漠又高傲地说："伍冰，我在白蔷薇对你说的话太客气了，你还在揣着明白装糊涂呢？刚刚小仓君都介绍了我和怀义的关系，你应该明白我为什么找你了吧？咱们打开天窗说亮话，我要你离开怀义，离开研究院和公司，也离开学校，去一个他找不到你的地方。"徐子莹边说边掏出一沓钞票扔在桌上。

伍冰淡淡地微笑，这笑中有一丝嘲讽的意味："徐小姐都用这种方法赶走他身边的女孩吗？赶得完吗？"

徐子莹被激怒了，凑近她，恶狠狠地说："当然赶不完。可你是中共，如果你不离开他，我就告发你。"

伍冰一听，怔住了。

杨怀义这几天一方面加紧倒腾药品和棉布卖钱，一方面联系棉纱、煤球的供应商囤货。

他不知道涩谷和李默已经结盟，而且自己处于万鹏的严密监视下。

今天他见了个曾经有过合作的商人，药商王鹤云，生意做得很大，除了贩药品，也贩烟土，和一个日军高官的亲戚合作，他悄悄告诉杨怀义，现在四爷出的价最高，他能联系上买家，但是杨怀义得负责把这批货安全送到常熟，之后他负责交给四爷。

杨怀义答应下来，这个对于杜云峰来讲难度不大，把药品混在烟土中用缉私车运出去，若被发现了就说是水滴计划，反正佐藤也没明确反对。

哪知隔墙有耳，这些都被万鹏的爪牙听到了。

得到汇报后，涩谷窃喜，到时候看你佐藤怎么包庇杨怀义通共。

杨怀义在书房里,端着一杯茶,看着窗外,等着什么。

管家提着徐子莹的大箱子走进来:"少爷,密码箱终于打开了。放心,是杜老板的弟子安排的,说是杜老板的箱子,没人敢说出去。"

徐子莹带来的四个大旅行箱,她自己打开了三个,把四季衣物和化妆品等女孩子常备物放入了卧室的五斗橱、衣柜、化妆柜、沐浴房等处,独独有个箱子并不打开,放在衣柜下层最深处。杨怀义尝试了几次,都没能打开。

杨怀义很兴奋:"好,如果她回来,你和国栋在花园拖住她。"

管家退下,杨怀义连忙打开密码箱,眼睛顿时瞪大了。

箱子里有最先进的发报机、日文密码本、钢笔手枪、小手枪,还有穿着军服的她和穿着军服的久宫亲王的合影。

杨怀义一件一件拿出来端详,倒吸一口冷气,这真是一个隐藏的"川岛芳子"啊!她此时回国,应该就是执行佐藤所说的反间谍行动。

杨怀义给神秘男人下指令,继续调查徐子莹。

几天后,神秘男人汇报说,跟徐子莹明面上接触最多的,是日汪中高层军官和佐藤。

除了佐藤，她并不跟名流显贵们单独会面，而是三五人约着一起吃饭喝酒跳舞，似乎很懂得保护女儿家的名声。个别才从前线调回的青年才俊不知深浅，想追她约她，送花送票被婉拒后，总会有带着日本口音的人去告诫对方，徐小姐来头很大，叫他不要造次，追求者只好作罢。

"派去告诫的，很可能是佐藤的人，因为徐子莹在3天时间里，已经跟佐藤秘密见了两次。一次是她去陆军联络部，进门十分随意，好像有特别通行权力。另一次是她与佐藤约在高档茶楼喝茶，没说任何正事，纯粹舞风弄月，吟诗作对。"神秘男给杨怀义汇报。

神秘男还在某次徐子莹独自走某段小巷时，派人假扮流氓，去试了她的武功。不出所料，徐子莹武功中等偏上，结合了西式的自由搏击和日本空手道。

杨怀义完全确认她就是日军特工，而且应该是陆军的特工，因为久宫是陆军的大佬。

13

一家三口

杜云峰选了税警总团自己的一个亲信,黄埔军校出身的邹翔押着那车"缉私缴获货品"顺利到了常熟。

正在交货的时候,突然到了一大一小两车人马,端着枪,声势浩大地下车,把他们团团围住。

"不许动!我们是76号的!"

"76号的很了不起吗?知道我们是谁吗?"这边可不是吃素的,邹翔手一挥,几个手下也举枪对着76号的人,但是从人数讲他们明显处于劣势。

"我是76号的万鹏,有人举报这车里有违禁药品,而且是要卖给新四军,把人和货都给我带走!"

"万鹏,你吃了熊心豹子胆,这是咱们税警总团缴获的走私品,关你们什么事?你他妈什么都想插一脚!"邹翔不客气地回应。

"少他妈废话!带走!缴获的走私品还敢卖,你他妈才是吃了熊心豹子胆!"万鹏仗着人多,除了去开车的人外,其余人都留在这边,拿枪顶着邹翔的人。

没想到邹翔抬手就给了司机一枪,然后搂过万鹏的脖子,用枪顶着他的头……

万鹏的人不知所措地停下来。邹翔挟持着万鹏,立马吩咐手下的人运走货物。

见接货的人带着东西走远后,邹翔才把万鹏等人放了,并叫他不要多管闲事。

万鹏吃了哑巴亏,恨恨地走了。可事情并没有这样结束,晚上,杨怀义刚回家便接到电话,药商王鹤云以及那些烟土和药品都被76号带走了。杨怀义马上打电话约杜云峰见面,并让他通知邹翔躲起来。

而这时,他却没注意到现在随时都偷偷盯着他的徐子莹的眼睛。

一个居酒屋的包房内,杨怀义正一一跟杜云峰交代,说着说着,他突然冲到门口,以迅雷不及掩耳之势拉开门,把枪顶在一个人的额头上。

"怀义,是我呀。"竟然是徐子莹,她既不害怕,也不因偷听而尴尬,说得理直气壮。

"你干什么?你在监视我?"杨怀义收了枪。

徐子莹才不理会,侧身溜了进来,脱了鞋,自顾自坐到杨怀义旁边的位子,向杜云峰打招呼,然后拿起桌上的酒瓶仔细看商标,说:"我最喜欢旭酒造的清酒了。我们连口味都那么相同。"说完就拿着杨怀义的杯子呷了一口。

杨怀义跟杜云峰对视了一眼,两人都很着急,不知刚才的话被徐子莹听到没有。

杨怀义越发怀疑自己有不少把柄被徐子莹抓住了,不如套套她的底细,便出去叫服务员再加一套餐具。

徐子莹对杜云峰道:"不好意思啊杜团长,这深更半夜的,我还以为是哪个狐狸精找我家怀义呢!我要知道是你就不跟来了,他明早回家我都不担心。"

自从那天半夜在书房被杨怀义抓个正着,以吃醋为由暂时脱身后,徐子莹发现这个借口非常好用,于是她顺坡下驴,做出越来越爱争风吃醋的样子。

"我家怀义?"杜云峰看着杨怀义说,"恭喜老兄,老兄好福气!"

穿着和服的女子端来了餐具、酒具,然后轻手轻脚退下了。

杨怀义倒了一杯酒递到徐子莹嘴边,邪魅地笑道:"咱家子莹,你到底是美国长大的,真够大方呀,家里亲热还不够,非得到外面来表演?"

"杜团又不是外人,是不是呀,杜将军?"

杜云峰打着哈哈,笑说自己就不当电灯泡了,然后迅速告辞离开。

其实,杨怀义刚刚交代他马上安排人往万鹏的赌场里放些药品、烟土等,然后现场查获,他得马上去处理。

包房里只剩下了杨怀义和徐子莹。杨怀义直接说："演得真好啊，不知道的人还以为你真迷上我了。说，你到底是谁？你到底想干什么？"

"我是思齐的堂姐徐子莹，我想代思齐活在你身边，我要保护你不被狐狸精拉下水。"徐子莹得意地看着他。

"你就那么喜欢我？而且你确定我需要你保护？"杨怀义看着她的眼睛，想看出她眼睛深处的东西。

"当然！"徐子莹骄傲地看着杨怀义。

"好，亲爱的，我们去找佐藤君吧，76号那帮蠢猪坏了我和佐藤的水滴计划。"

"水滴计划？"

"别装了，你刚刚不是听到了吗？"杨怀义心想，你要监视我，我就大大方方让你知道。

对于两人的深夜造访，佐藤有些意外，但来意他当然知道。

"涩谷给我报告了，我本来想明天早上找你，你却现在来了。怎么，坐不住了？"佐藤嗔怪地看着杨怀义。

"都是李默和万鹏这两个鬼东西，把我精心设计的水滴计划给搅黄了，这事我不干了，你让他们干！"

"你跟我少来这一套，你还有理了？恶人先告状，还想撂挑子！子莹都要笑话你！"

不知道是不是自己敏感，杨怀义发现佐藤对徐子莹的称呼已经不知不觉由子莹小姐变成了子莹，藏不住了，他更加确信徐子莹就是佐藤安在他身边的钉子，恨不得24小时盯住他，甚至包括睡觉。

徐子莹还假惺惺地说："你们是要讨论工作吗，我要不要回避一下。"这完全是说给杨怀义听的。

"回避什么？再说了，他做的事闹成这样还有什么秘密可言？"佐藤说。

佐藤最喜欢在女人面前数落或指挥杨怀义，在读书时就这样，而杨怀义也从来都不反驳，其实私下两个人的时候，都是杨怀义数落他。两个人能成为好友，自有原因，榫卯正好合配。

杨怀义这次也没出声，拿着茶几上的葡萄吃起来。

"我跟你讲了，现在风声紧，这些货流去三战区还问题不大，叫你千万不能流向共区，扣上通共的帽子谁也保不了你，李默正愁抓不住你的把柄你就送上去，而且你们这次还打死了人，真是胆大妄为！"佐藤恶狠狠地说。

"说着你好像挺怕李默似的！我这可是执行水滴计划，不是走私，这是你同意的——我才不想干你这些事呢！"杨怀义没好气地反驳，他才不怕佐藤。

"嘿，你倒振振有词！我是同意了你的水滴计划，但是你跟我说的是棉布，而你现在拉的是一车药品……还把皇军也牵连进去了，你好本事！"佐藤也发火了，杨怀义的药品还不是来自黑市，而是来自日军军队。每一个问题都被李默抓住。

徐子莹见二人吵起来，有些尴尬，站起身去观赏旁边博古架上的古玩。

"你自己看着办吧，做都做了，反正我只是执行你的水滴计划！"杨怀义死猪不怕开水烫，把这烫手的山芋扔给佐藤，他吃准了佐藤不会放心把这件事交给其他中国人去做。

"下不为例！"佐藤气得不行。

"李默、万鹏贼喊捉贼，他们跟我干的同样的事，药品、烟土、棉纱、棉布一样没落下，杜云峰那里都有证据，他们就是妒忌我切了他们的蛋糕。贪得无厌！"

杨怀义和徐子莹告辞的时候，杨怀义突然对着徐子莹说："听说子莹小姐威胁伍冰让她离开我，请子莹小姐不要影响我的工作。"

这话故意在这里说，是说给佐藤听的，子莹不过是佐藤的提线木偶而已。

杨怀义又朝着佐藤："我再说一次，谁都不要动伍冰，她是我的人，是我水滴计划的一环。"

佐藤和子莹对视了一眼，有丝秘密被窥破的尴尬。

上了车，车子很快驶入漆黑的夜色中，杨怀义突然伸出手轻抚徐子莹的脸庞："子莹小姐应该对自己有信心，是你的就是你的，跑不了，急什么？不是你的，强求也得不到。"

"哼！爱信不信，我是为你好！"徐子莹黑葡萄似的眼睛在黑暗中竟然也晶莹剔透。

"奶奶想你去看她。"沉默了一会儿,徐子莹说。

杨怀义这才想起好久都没去看思齐和子莹的奶奶了。思齐在时,他经常和他们兄妹去苏州看奶奶,有时还小住几天,他也一直把思齐的奶奶当成自己的奶奶,因为他的奶奶已经不在了。思齐去世后,他只要在上海,也是一如既往地去看奶奶,甚至结婚生子后逢年过节也带着妻子和孩子去苏州,国栋也一直喊何家奶奶"太奶奶"。

"好!"杨怀义爽快地答应。

第二天,李默、涩谷兴冲冲地跑到佐藤办公室,刚汇报完,却被佐藤劈头盖脸训斥了一顿,说他们搅黄了自己精心设计的渗透计划,并质问他们事前为什么不汇报。

"舍不得孩子套不着狼,是我叫杨桑给他们一些药品,否则怎么能得到他们的信任,涩谷君应该是懂这些的,为什么不及时制止?"佐藤不仅自己揽下责任,又责备涩谷作为领导的失察,因为新四军根据地的"雪狼"就是他和涩谷这样送进去的。

"次长教育的是,只是属下之前的确不知万鹏他们的计划。而且,我也不知道这是水滴计划的一环,杨将军并没有告诉我,三木公司也没有记录,以为是他个人的私下交易。"涩谷有些口服心不服。

"万鹏才是上海滩最大的搅屎棍,哪里都有他!我记得前几天刚跟你谈过万鹏的问题,让你严加管教,能不要盯着资本家盯着商人盯着钱吗?"佐藤瞥了一眼李默,没有去理关于杨怀义的茬。

"是,次长教育的是!"李默毕恭毕敬地鞠躬,但马上又辩解道,"万鹏表示了要痛改前非,这次这个事的确是为了抓共党,不是破坏经营,破坏经济,更不是强取豪夺。"

"行了,我不是傻子。昨天晚上还从万鹏的赌场里搜出了药品、烟土和子弹。这又该当何罪呀?"

"万鹏说这是冤枉的,他怎么可能那么傻,把这些东西放在赌场等杜云峰他们来搜呢!"李默马上说。

"那就是说其他地方还藏着这些东西咯——"

"不是这个意思。"

李默在绝望中想着对策,佐藤却又突然站了起来,缓和了口气说:"万鹏干了多少坏事,敛了多少财,我们都心知肚明。我们都知道很多事情他是打着你李桑的旗号,却背着你干的,李桑你为大日本帝国忠心耿耿,克己奉公,天地可鉴,但是万鹏惹起的民怨太大,贪心太大,不应该再待在76号了。"

李默还没回过神来,佐藤又说:"或者看在李桑的面子上,暂时停职,观其后效。"

李默额头冒汗,连声附和答应。

走出佐藤的办公室,涩谷和李默都恨得咬牙切齿,没料到是个这样的结果,这才叫偷鸡不成蚀把米。这个佐藤简直是明目张胆地包庇纵容杨怀义,连假装公正都懒得装了,而且下手之狠,直接把李默的手臂给断掉一只。

李默和涩谷深深对视一眼,一切尽在不言中,他们一定会跟杨怀义甚至佐藤斗下去。

其实,这也是佐藤想要的。

昨晚杨怀义和徐子莹走后,他继续思考该怎么处理这件事,然后想到了这个方法。他深知涩谷和李默都是狠角色,没有比让他们盯着杨怀义更有效的办法了,无论是李默还是杨怀义都必须攥在自己的手中,让他们去斗吧,所以他决定要更"激发"李默包括涩谷的斗志。

果然如佐藤所料,当天晚上李默和涩谷就同万鹏密谋,要万鹏找人24小时监视杨怀义。这下反而好了,万鹏是无业游民了,看你杨怀义和佐藤还能说什么?!

没过几天,杨怀义就带着徐子莹去了苏州,去了那个有水有山园林般的何家院子看望老太太。

80岁的老人看上去精气神比去年更差了,也更容易伤感了。奶奶没想到这次怀义和子莹会一起回来,死死拉着他们的手,眼睛有些红了,然后又把国栋拉到自己身边坐下,一直捏着他的小手,大家开始聊天叙旧。

突然奶奶说:"怀义,子莹,我们见一面少一面了,有些话就不留着下一次说了。"

"奶奶，您会长命百岁的。"杨怀义和徐子莹竟异口同声说出一样的话。奶奶笑他俩心有灵犀，屋里陪聊的家人和站着的下人，也笑了起来。

奶奶拉着他俩的手，重叠在一起，放在自己膝盖上，然后，将自己的手盖在了上面。

杨怀义碰到徐子莹的手，有种异样的感觉，像触电一样。他想要抽回，徐子莹却按住了他。奶奶感觉到了一切，笑了一下，继续说："怀义，子莹每次回来，都会提到你。我真希望杨何两家亲情不断，永远是一家。你俩现在男未婚女未嫁，住在一个屋檐下，不如就让子莹做国栋的妈妈，一家人齐齐整整，永不分开。"

话音刚落地，国栋就把自己的手也放了上来，说："太奶奶，我愿意。国栋想要一个妈妈。"但杨怀义和徐子莹两人只是对视了一眼，并没有开口说话。

之后，大家重新坐定吃了茶，情绪都平稳了下来。奶奶又对徐子莹开口了。她说："子莹，你不要再为日本人做事了，何家可以养活你。"

徐子莹每次回来，都会面对这种话。

这次徐子莹回答得话中有话："奶奶，等我有了依靠，我就辞职。"

顿时，大家都看向杨怀义，让他多少有些尴尬。

回程的火车包厢里，杨怀义看着徐子莹和国栋在玩跳棋，倒真是一副亲热和乐的样子。他把眼睛转向窗外，想到杨何两家几代情真意切，早已如亲人一般。他开始设想，能不能策反徐子莹呢？

"徐子莹只要不站在抗日战线对立面，倒也跟思齐一样是个好姑娘。"杨怀义想着想着，眯起眼睛，靠着椅背，假装打起盹来。

松本和小林在门外警惕地保卫着他们还未成一家的三口人。

14

孤光现身

回到上海第二天,徐子莹就去了南京采访。

在中国派遣军总司令部的一个小房间里,她跟一个30多岁的日本军官来了个礼貌的、久别重逢的拥抱。

徐子莹说:"若杉君,真高兴在中国相聚!你还好吗?"那人说好,又问候她,她也说好。看样子彼此关系很不一般。

两人坐下后,若杉亲自把茶杯放到徐子莹的面前,跟她一起坐在沙发上,说:"哥哥说你来中国了,真高兴!你干脆来南京吧!"

徐子莹喝了口茶,说:"我们各有各的使命,我的阵地在上海。"

若杉又说:"我在这里只是个参谋,出不去。那你经常来看我吧。"

徐子莹马上答应:"那好,我以后就叫你若杉参谋,以免在外面说漏嘴。你哥哥叫我跟你转达一个很重要的问题，你的一些过激言论让天皇陛下很生气。"

若杉悻悻道："我知道……司令官也让我不要再发表类似言论。可我是说真话。不是他们要我到南京宣传新政策，同时搜集情报制定对华新方针吗？"

徐子莹听了没说话，低头喝茶。

若杉参谋接着道："我还申请了上前线，参加清乡行动，实地去考察中共军队的实力、根据地的政治经济状况。"

"何时出发？你跟谁去，安全吗？他们批准你的申请了？"徐子莹马上显得很担心若杉。

若杉回："三天后，跟六十兵团一起。他们起先不同意我上前线，怕担不起责任，但我坚决要去，他们只好把我编在了报道部。"

话音刚落，有人在门外喊："报告参谋！"若杉开门，一个中佐站在门口，做了个请的姿势："子莹小姐、若杉参谋，咱们出发吧。"

三人一起离开办公室。中佐边走边对子莹说："我还邀请了两位和平建国军的师长，他们都对子莹小姐的文章崇拜得五体投地。"

夜色茫茫，南京的日军俱乐部跟上海的一样，灯红酒绿，纸醉金迷。他们进了最好的一个包间，点了俱乐部最好的酒菜，兴致高涨，不停碰杯，高喊"帝国必胜！"也聊着战事。

"欧洲战场现在非常紧张,苏德正在库尔斯克对峙,意大利也压力巨大,咱们大日本皇军应该攻打远东,支援德意。"一个日军参谋说。

马上有人附和:"不是这几天关东军在北部海域进行军事演习吗?应该演着演着就变成军事行动了吧,哈哈哈。"

大家都哈哈哈叫喧,干杯:"轴心国必胜!"

"但是据可靠情报,关东军的精锐部队正在隐秘南下,可能来我们的华北战场帮助扫荡根据地,也可能直接南下去东南亚。"有人插了一句。

"是啊,演习可能只是伪装给外界看的。我们现在哪里顾得上他们,能这样做都是对他们很好了。德国和意大利不是老坑我们吗?"

中佐马上接过话:"对,德国太损了,不光说好的虎式坦克不给我们了,还把咱们的货款给吞了。"

"不是说下一次'柳输送'会送图纸来,让我们自己生产吗?我在东京的时候听说的,还有……"若杉参谋提到了德日潜艇跨越半个地球,在海底偷偷幽会,互送物资与情报的"柳输送"与"反柳输送"计划。

徐子莹赶紧拉了他一下,举起酒杯打断他的话:"若杉参谋,喝酒。"

子莹还没回来,杨怀义也被通知去南京的中国派遣军司令部参加重要会议。

司令部的这栋大楼,主体部分是四层,拱卫的两侧是三层,形成一种稳定的感觉,但此时的侵华日军内心却并不稳定。

会议室里正在举行清乡计划部署大会,除了日军的高级军官,还有南京政府军事委员会的委员,也有76号及和平建国军的高层。

汪精卫和佐藤坐在第一排,杨怀义坐在第二排。他们每个人的面前,都摆着一份清乡计划。

"大家座位上这份清乡计划,就是这次大规模清乡行动的具体步骤。这次行动将由苏南抗日根据地扩展到苏中抗日根据地,分成三个阶段进行。第一阶段用两个月军事清乡,第二阶段用四个月政治清乡,第三阶段用半年延期清乡。要综合运用军事清剿、经济掠夺、政治欺骗、编查保甲、特工破坏等手段……"坐在首位的日军参谋长后宫泽发言说。

与会人员坐得腰板挺直,均是一张严肃的脸,看着新一轮清乡计划上那些具体措施:增加更多碉堡炮楼、无人区、壕沟电网等;围困新四军,让其军事与经济上皆无出路;在日占区进行各种洗脑教育,用连坐和保甲、鼓励告密等方式,杜绝根据地的人进入日占区获得资源……

这次清乡的残酷性,已经在与会者的头脑中由文字变成了画面。

后宫泽抛出首战计划，一个可以把军事清剿与经济掠夺完美结合的切入点——夺回被新四军占领的陈家港盐场。

"清乡第一战，首先打击苏中产盐区。现在，盐的匮乏程度严重拖了帝国军工生产的后腿，大本营命令我们，要掌控更多的盐业生产和销售，满足战时经济的需要！"

开完会后，杨怀义跟一个日本军官在司令部旁的绿荫道边走边聊。

"平川君，哪天来上海请你吃正宗琉球料理。我最近找到了一家店，就在我家附近。老板娘很漂亮，还是你的本家，闽人三十六姓蔡家后裔。"

名叫平川的军官惊喜道："真的？姓什么？"

"仲井真。"

"我可能要回上海了，负责为皇室运送中国文物。"平川轻声耳语。

两人正聊着，后面一个日本军官走上来，拍了拍两人的肩膀，说："不请我吗？什么琉球，是冲绳！"

杨怀义回给那军官轻轻一拳，亲昵地说："又没外人，什么冲绳琉球。等你们凯旋，我在上海给你们庆功，要是吃了败仗，只给你们一瓢黄浦江水喝！"

那军官趾高气扬道："必须凯旋，我们很快就要凯旋！"

"吹牛。"杨怀义做出不信的样子，故意凑近平川，用戏谑的口吻说，"嘻嘻，他们经常被揍得满地找牙。"

日本军官不服气，凑到他俩耳边，得意地眨了眨眼睛："这次有卧底的情报！……等着请客吧，我要吃冲绳的红石斑鱼……嘻嘻……"

"做梦——次次都说有卧底，情报准确，还不是吃败仗！……有什么卧底呀？"杨怀义继续嘲笑他。

那小子还想说什么，后面来了两个人把他拉走了。临走前，他悻悻地扭过头，叫杨怀义准备好红石斑鱼。

杨怀义回到上海后，半夜从床下进入密室，用藏在那里的微型照相机，一页页拍着此次清乡会议的密件。

拍完后，他紧皱着眉头，在密室里来回踱步，坐立不安。以他丰富的斗争经验，非常清楚，一场飓风样的毁灭行动即将开始，而且，第一个目标就是新四军才从日军手里夺回不久的陈家港盐场。

苏北沿海一带所谓的"两淮盐区"，从古至今都是中国重要的产盐区，有"两淮盐，天下咸"的民谚。陈家港盐场现在是"两淮盐区"最大的盐场，不可避免地成为双方争夺的重点。

杨怀义在这个深夜，想起了另一个深夜，想起了他和刘然站在漆黑的江边，吹着江风的对话。

"'孤光'同志，在新的联系人跟你联系之前，一定不要主动找党、找组织，这是铁的纪律。"

原来，杨怀义就是那个孤光一点莹般潜伏在日汪高层的中共秘密党员。

刘然随后递给他一张纸条，说："只有在非常重要、迫不得已的时刻，才可以按这个内容登一则广告。组织看到后会派人跟你联系的。"

当下的形势已经非常清晰，世界反法西斯阵营将马上发起大反攻，组织突然派人来白蔷薇接头唤醒自己，一定是急需日军的战略战术情报。组织应该不知道现在日军的最新战略构想是与蒋介石谋和而重点打击中共解放区吧，而且清乡计划已经出炉，清乡行动马上开始，还有间谍与反间谍战也主要针对中共情报线……这应该就是刘然说的"非常重要、迫不得已的时刻"吧？！

回到卧室后，杨怀义在心里反复推演局势，犹豫再三，终于下定决心，不能被动等待第二次接头，要主动联系党组织，把十万火急的情报送出去。

杨怀义成为"孤光"，与思齐有着密不可分的关系。

思齐的死，让他无比悔恨和歉疚，也让他的心一下空荡荡的，他很想弥补她，如果一切可以重来，他一定会顺着她的性子，尊重她的选择，她想干吗就干吗……但是，斯人已去。

他在悔恨与思念中想为思齐做点什么，想越过阴阳相隔与思齐的灵魂对话，于是他拿起思齐让他读的书去感知她的思想、理想……

读着读着,他发现自己越来越认同思齐,越来越被共产主义信仰吸引。之后的两年,他在思考与探索中不知不觉地像一只蛹进化成一只蝴蝶,就差最后破茧的时刻了。

1940年9月,一年一年承受煎熬与苦斗的他,被宋子良在香港与日媾和的谈判压倒了,就像压倒骆驼的最后一根稻草。

那一天,从香港回到重庆的他,正好机缘巧合地阅读了周恩来关于中国抗战的有关文章,心中的迷雾瞬间明亮,热血沸腾,他也突然意识到,自己与远在天国的思齐,终于成了比翼鸟、连理枝。

当晚,他化装成女人走进了曾家岩五十号周公馆。

小会客室里,杨怀义在一位领导面前取下卷发发套进行自我介绍:"我叫杨怀义,杨永森是我父亲,杨怀忠是我大哥。1932年以前我曾经在黄埔军校短暂任教。1932年淞沪会战后,我受国民政府委派去了日本,1938年全面抗战后去了香港,现在马上要去上海,为日本人和汪政府做事。"

领导的双手温暖有力,随着说话晃动了两下:"知道知道,杨怀义,杨永森将军的公子,黄埔军校史上几个娃娃教官之一,当时只有二十出头吧?"

杨怀义笑着回答:"那时二十二三岁,刚从日本回国。"

两人落座后,杨怀义的神情变得严肃起来:"长话短说，我今天冒险前来，谁都不知道。我要告诉你们一个重要情报，蒋介石派宋子良在香港与日本人秘密和谈，这里面是具体内容。"

杨怀义掏出一个小胶卷递给领导，提示道："蒋日媾和的条件中，除了有承认'满洲国'和招中国人做军事经济顾问外，其余条款，几乎全是一起对付中共。"

领导接过胶卷，既激动又有点惊讶。这么重要的情报，竟以如此意外的方式突然而至。

"我知道，这太过突然，我们整个家族都是反共亲日派，但我个人在民族大义的问题上，决不含糊，我非常认同中共提出并力推的抗日民族统一战线方针，对蒋介石在抗日和中共问题上的态度非常反感和失望。今天，我听了周公的讲演，不由热血沸腾，看到了中华民族的希望，当即决定要冒昧前来，并希望以后能持续地为中共提供抗日情报。"

领导听了不停点头，激动地说："好，好，欢迎你！真不巧，周公不在，我代周公，代抗日民族统一战线，代抗日的中华儿女，感谢你提供如此重要的情报。我们提出的抗日民族统一战线的主张，受到了社会各界包括国民党内很多爱国人士的认可和拥护，相信全国上下同心协力、一致抗战，一定可以赶走日本法西斯。"

"是的，再难也要坚持，我读了毛泽东的《论持久战》，非常认同。现在正是黎明前的至暗时刻，很多人因看不到希望而放弃，加入汪精卫政府的人越来越多。连蒋介石也产生了动摇。感谢中共一直高举抗日的大旗，让国人看到希望。"杨怀义激动地说。

"也感谢你在黑暗中的坚守。你身处敌营，孤身奋战，是黑暗中的孤光一点萤，但我们相信孤光自照，迟早会散作满河星。"

杨怀义连声道谢。

"你的代号就叫'孤光'吧，我们会指定一个人跟你单线联系，你的身份是最高机密，一定要保护好自己。"领导说。

神秘男去报社刊载广告后，杨怀义每天都更加仔细地浏览广告栏，寻找组织的回应。可是，迎接他的只有一天接一天的失望。

清乡运动紧锣密鼓地筹备了起来，日军已经在迅速调动兵力和粮草。陈家港盐场乃至新四军根据地，随时都有可能被日伪军队突然偷袭。

时间一天天过去，组织上还是没有回应。

是没看到我登载的广告，还是上海地下组织已经被彻底破坏，或者，无法派人来上海接头？……

杨怀义急得茶不思饭不想，每天反反复复琢磨，在沉思中回过神来的他，每每意识到公司和家里都有盯着他的眼睛，又不得不用尽毅力，假装无事。

徐子莹似乎能看穿他的心。当他故作轻松逗孩子两句时，她会在旁边压低声音阴阴说："没必要强颜欢笑啊。遇到什么事了？说出来嘛。我愿意代替思齐听听。"

杨怀义懒得理她，只是心里有点发怵，刻意避着她那双黑葡萄似的、似乎能看透他的眼睛。之前觉得可以尝试策反她的念头突然间荡然无存。

15

酒不醉人人自醉

办公桌上摊着一堆文件，杨怀义沉郁地看着，好像在决定着什么。

他调整了下摆放位置，以及露出的页面与标题，就给手下一个主任打了电话，要他赶紧把《重庆近期经济动向》拿过来。

杨怀义知道，那是伍冰一人在整理的文件，而那个会来事的主任每次都会让伍冰去跑院长办公室。

不一会儿，虚掩的门上传来秀气的敲门声，伍冰探个头进来："黄主任叫我给您送文件来。"

杨怀义招手让她进来。

伍冰抱着文件，笑盈盈走到近前。她机敏地看了一眼办公桌，就把文件一放，转身要走。杨怀义赶紧招呼她："别走，过来。"

伍冰只好走了回去，带着疑惑的表情。

杨怀义弯下身子,从抽屉里拿了个首饰盒子出来,一边起身,一边打开说:"我看到一根项链很漂亮,就想买了送给你。"

杨怀义拿起项链,绕一圈走到伍冰身后。那个角度正好毫无遮挡地让伍冰能清楚看到桌上的文件,一本是没打开的《清乡计划》,还有单独一页纸的信息汇总,第一项就是醒目的标题《重庆政府准备闪击延安计划》。

杨怀义一边慢腾腾给伍冰戴上项链,一边说着这个项链的设计寓意,似乎他不知道她的眼睛早看清楚了桌面。

"这可是金子大王王伯元手下最得意的设计师设计的。"杨怀义把伍冰身子转过180度,对着自己,让她不再能看到文件了,并欣喜打量着伍冰,"真漂亮!刚好戴着它晚上陪我去吃个饭。"

伍冰不露声色地说谢谢。

"你的任务是让他们多喝酒,让我少喝酒,差不多就把我拉走,我还要回来加班。"杨怀义又叮嘱。

伍冰迟疑了一下,然后点点头:"好,那我回去换身衣服。"

到了晚上十点过,司机松本把杨怀义和伍冰送回研究院。

松本要扶杨怀义上楼,后者大着舌头说:"不,你原地稍息,伍小姐扶我就可以了……"然后色眯眯地摸着伍冰的手。

伍冰气喘吁吁地把醉醺醺的杨怀义扶进办公室，放倒在沙发上，然后，她把几个窗户的窗帘拉上了，又回到杨怀义身边。

杨怀义面红耳赤，色眯眯地看着伍冰，吐字不清地说："我……我今天酒量怎么这么差呀，真是酒不醉人……人自醉……"

伍冰抽出被杨怀义死死握着的手，说："杨总，我给您泡杯茶，可能这几天您加班太累了。"

杨怀义声音越来越小："一会儿记得叫醒我，我还有事……没弄完……"

伍冰看了看他，便走到门边，打开房门，看看楼道无人，遂悄悄下了门锁。

她回身泡了茶，端着过来，把茶送到杨怀义嘴边，却发现他已经睡着了。伍冰在他耳边喊着杨总杨总，杨怀义毫无反应，还打起了鼾。

看来药力起作用了。她说回家换衣服，其实是回去拿微型相机和药粉，趁觥筹交错时往杨怀义酒杯中倒入了药粉。

伍冰连忙从他口袋里掏出钥匙，打开保险柜，找出那两份文件，固定在台灯下面，然后打开小挎包，取出微型相机，迅速翻页、拍照……

伍冰非常紧张，一边拍照，一边还要注意杨怀义的动静，生怕他醒来。

突然听到杨怀义有响动，伍冰狠狠吓了一跳，一看，还好，他只是翻了个身。

伍冰继续紧张拍照。

她不知道，危险正在逼近。万鹏这阵儿24小时监视杨怀义，此时正带着两个人悄悄潜入了研究院，而且正往杨怀义的办公室摸来。

没想到他们三人却在走廊碰到了徐子莹。

"你们鬼鬼祟祟干什么！"徐子莹大声问，并拿佐藤送给她的小手枪指着万鹏。

万鹏当然是认识徐子莹的，赶紧点头哈腰道："子莹小姐，伍冰那个小贱人好像就在里面，我们兄弟想帮子莹小姐盯着领个赏钱。"万鹏得意找了这么个好理由，徐子莹不就是来捉奸的吗？

徐子莹见好就收，郑重警告说："混蛋，杨将军和伍冰小姐那是工作关系，我是来接杨将军回家的。你们以后再敢盯着杨将军，或是造谣污蔑，别怪我不客气。滚——"

三个人哪敢再多说一句话，马上屁滚尿流地跑了。

这一番闹腾，自然惊动了伍冰，她赶紧把文件放回保险柜，然后使劲摇杨怀义："杨总——，杨总——，子莹小姐来了！"

徐子莹用开锁方法进屋后，眼睛四处一扫，没有看到伍冰，正要去扯开窗帘，却被杨怀义从背后抱住，并在她耳边暧昧地哈气，醉醺醺地说"怎么了？想我了？"

关键是这一抱，杨怀义的手正好按在子莹的胸脯上。

"啪——"一记清脆的巴掌扇到了杨怀义脸上，徐子莹厌恶地看着他。

杨怀义真想给她扇回去，但必须忍住。

他继续嬉皮笑脸地正面抱着她的腰，凑上另外半边脸，大着舌头："来，继续，我喜欢……"

子莹一阵难过，心里说：思齐，这就是你的杨怀义，他已经变了！

"伍冰呢？"

"哪有伍冰？不是只有你吗？不是你来接我吗？我们回家！"杨怀义用力扛起子莹就往外走。

"杨怀义，你这个混蛋，放我下来！……"子莹挣扎着，但哪里能挣脱。

躲在窗帘后的伍冰听他们骂骂咧咧走远了，长吁一口气，马上又回去打开保险柜取出文件，熟练地拍照。

16

阴谋变阳谋

伍冰第二天一早匆匆赶到孙凯宿舍,把胶卷交给了他,汇报了事情的前因后果,以及自己拍照中简单浏览到的内容。

孙凯拿着胶卷,深感责任重大。他知道这个情报事关新四军存亡,必须尽快送出去。虽然组织要求静默,但他还是紧急联系了老钱。

老钱这时正好因为电台坏了,也与根据地失去了联系。但是他想起刘然去根据地前跟他交代,有重要的紧急情况又联系不上根据地时,可以去找他曾经的老朋友苏露,跟她提她姑妈,她会帮助他。苏露后来当了文化汉奸是大家都知道的事实,也被老钱等老朋友鄙视,刘然并没有说找她的原因,也没有说她是不是自己人,老钱自然也不会多问。

关系新四军和老百姓存亡的事情比天大,此时不联系苏露，还待何时！

老钱找了个机会，确定背后没尾巴，趁夜去了苏露家，要开门的老妈子报"作家冰竹来访"。那是他年轻时写文章用的笔名，苏露一听，连忙亲自来接引他到书房，关上门，喊了声"老钱"，似乎一切尽在不言中。刘然也告诉过苏露，非常重要的紧急时刻老钱会找她。

"出什么事了？"

"我与根据地断联了，有个十万火急的情报，送不出去，想求助于你。"

苏露问是什么情报，老钱说是新一轮清乡和重庆准备闪击延安的计划。苏露好像早就知道，显得并不怎么吃惊，反而问："哪里来的？"老钱说是他的下线的下线拍到的，是一名女大学生。

"女大学生？"苏露沉吟了一下，问，"是不是伍冰？"

老钱吃了一惊，更加觉得苏露不一般。

"老钱，伍冰可能已经暴露了。她太活跃，早就惹上了尾巴。怕就怕，这是敌人专为伍冰设下的圈套。"

"但万一情报是真的呢？伍冰说是在酒里下了药趁杨怀义烂醉如泥然后打开保险柜偷拍的。"老钱有些患得患失。

"你说得对，就怕万一。好，不管情报真假，我想办法帮你们送出去。"

老钱还想问什么，但问不出口。

他离开时，比来时更加注意，不管有没有尾巴，仍刻意转了很多圈。

马森的人当天确实跟丢了老钱，但还是知道老钱进出的大致区域。那一平方公里内，本就有一个特高课发现的神秘电波，因为发报次数太少、发报时间太短，一直没找出来。

第二天苏露来杨公馆送稿子时，刻意穿了一件非常时尚的旗袍。

徐子莹一见就喜欢得不行，连说洋气，左看右看，问苏露是哪里定做的。

苏露说："这就是我上次跟你提过的苏州梁师傅做的。他最近从西洋晚礼服上得到一些灵感，把其中一些小细节融合到了旗袍上，更符合新时代的审美。"

徐子莹一听，便要马上去苏州做旗袍。她说三天后，跟一帮好友在海军俱乐部有个重要的生日聚会，正愁没衣服穿。还说要把穿过的衣服再穿一遍，会丢脸。

"苏州、南京和上海的夫人小姐们都喜欢梁师傅的旗袍，简直忙不过来，就算看我的人情，再加钱加急，至少也得两天。"苏露掰着指头计算，"如果今天赶去，倒也可能三天后穿上。"

徐子莹一听，急得马上要开车出城，她说紧赶慢赶，也得半下午才能到苏州。国栋听到徐子莹要去苏州也吵着闹着要跟去，还说今晚要和太奶奶睡。

徐子莹没办法，只得跟杨怀义打了电话，杨怀义想了想，便让松本和小林去保护他们。

一行人来到苏州，找到那家裁缝店。里间试衣服的都是女人，松本只好带着国栋在会客厅吃着茶食等着。苏露和徐子莹各做了款式花色不一的几件旗袍。选料子花了些时间，里面穿梭进出了好几个女人。

苏露在挂满五彩绸缎样品的里间，见左右无人时，迅速把胶卷塞给了一个后门进来的女人，低声说："这是清乡计划，十万火急，但不一定是真情报，请组织上仔细鉴别。"女人迅速装好胶卷，又从选料间的后门走了。

徐子莹恰好走了进来。她往接头人离开的后门看了看。

"刚才，好像有人从后门出去了？"徐子莹问。

"哦？你说什么？"苏露一边看绸缎，一边问，"我没太注意，忙着选自己的。"

徐子莹走过来，盯着苏露说："外面街上吹起了警哨，好像出了什么事。你选好没有，咱们赶紧离开这里。"

苏露这才慌了，往后门看了几眼，在心里计算着接头人会走多远，会不会遇到危险。徐子莹紧紧盯着她的脸色。

出得门来，苏露又显得很好奇，让松本在出事的地方开慢点。

她透过车窗看着外面，有个地痞打扮的男人中枪倒地，警察已经占了半边马路，拉好警戒线。她面色似乎缓和了些，说苏州真乱。

徐子莹一直在默默观察她。

清乡第一战开始了，大批日机突然出现在陈家港上空，对着既定目标建筑物狂轰滥炸，想通过地毯式轰炸剿灭驻守盐场的新四军主力。

一时间，陈家港硝烟弥漫，火光连天，房屋倒塌，轰鸣声、爆炸声不绝于耳，但是，飞行员看不见奔跑的身影，也看不见盐池中有白花花的盐，那个能囤积50万担食盐的仓库被炸开了，里面却空空荡荡。

第一轮轰炸结束，地面部队开始进攻，但还未进入产盐区，便遭遇伏击。

原来，驻守的新四军接到情报后先偷偷运走了陈家港的所有食盐，再在周边的各个入口密密匝匝设伏，利用地理优势，提前选择好伏击的掩体，以及撤退的线路。

指挥官感觉不对，刚喊出"小心埋伏"。话还没落地，埋伏的新四军就同时开了火，步枪、机关枪、火箭炮、手榴弹一齐怒吼，喷着火舌，打了日伪军一个措手不及。

偷袭盐场的日伪军一时成了砧板上的肉，任人瞄准，人仰马翻，如果不是撤退及时就全军覆没了。

而在延安，还没到预定的进攻的日子，延安军民三万余人就举行大会，呼吁反对内战，保卫边区；在重庆，中共南方局做了精心组织，大学、工厂、市区、特园民主之家等处，都有不少人散发材料，揭露国军进攻延安计划。

蒋介石的剿共阴谋，就这样摆在光天化日之下，变成了阳谋。

而这时，在欧洲战场传来令人振奋的消息，盟军在西西里岛登陆了。

"欧洲战场激战正酣，绝对不能后院起火！你们要打内战，就是破坏世界反法西斯阵线，如果你们要打中共，美国政府将不再援助国军，而全部援助中共！"美国大使怒斥蒋介石。

英国大使同样气急败坏："丘吉尔首相说中国一定要坚持抗日民族统一战线，齐心协力拖住日军在中国的兵力！"

蒋介石被说得汗水直流。

南京的中国派遣军司令部内，参谋长后宫泽气得暴跳如雷，大声斥责佐藤、李默和涩谷："这次出师不利，显然是情报泄密！空袭盐场一颗盐都没有，开进产盐区就遭到伏击，我方损失惨重。清剿中共反被中共清剿。这就是你们间谍战与反间谍战的成效？！"

三人弓腰低头，连连说"是属下失职"。

"大战之前，先抓间谍，这次的大清乡大扫荡就是为我们太平洋战场和东南亚战场的大战做准备，大本营再三强调，间谍战直接关系着大战的成败。现在抓的共党，可见都是小虾米，我们的身边一定有中共的大卧底。我要你们限期挖出来，同时也要渗透进去。"

三人鞠躬更深，连声说"嗨"，佐藤更是赶紧补充汇报："我们已有眉目，正在放长线钓大鱼。渗透计划也马上启动。"

出门后，佐藤和涩谷脚步匆匆，满脸沉重地走在前面。佐藤边走边低声交代："马上通知'雪狼'，不惜一切代价找出中共在上海的卧底，哪怕鱼死网破！"

17

水滴计划

借伍冰过生日的由头,杨怀义说要单独给她庆祝,实际上是庆祝自己和伍冰成功把情报传递出去了,他也确信了伍冰就是自己的同志。

外滩的一个西餐厅,杨怀义和伍冰坐在那个唯一的包房中。穿着燕尾服的外国小伙正在弹奏巴赫的古典钢琴曲,他后面的墙上写着装金饰银的一排大字:"伍小姐生日快乐!"墙角堆满了鲜花,仿佛一个童话世界。餐桌旁的落地玻璃窗外是黄浦江的夜景,有慢慢驶过的轮船,有两岸霓虹辉映的建筑群,还有天空中闪烁的群星。法国主厨专为他俩做了几道经典名菜,勃艮第红酒炖牛肉、普罗旺斯五彩大杂烩,以及各种高档海鲜做的马赛汤等,两人还开了一瓶波尔多的拉菲红酒。

杨怀义说了"生日快乐",就把一个精致的小盒子推到了伍冰面前。

伍冰盯着盒子，又看看杨怀义鼓励的目光，迟迟不敢伸手去拿。杨怀义好像猜透了她的心思，就帮她打开："你看，这个镶钻的胸针设计简洁，很低调，适合你。"

伍冰看到不是戒指，松了口气，见杨怀义要亲自给她别上，她连忙拿过去自己别在胸前，然后羞涩地看着他。

那一瞬间，杨怀义似乎又把伍冰看成了思齐，他甩甩头，要是思齐活着多好，他们就是同志了，兴许并肩战斗……唉，就把她当成思齐吧。

杨怀义安排这样一个夜晚，就是因为伍冰将暂时看不到黄浦江的夜景与大上海的繁华了。他要把伍冰送出上海。

现在自己越来越深陷险境，而且接下来还要配合军统的假币战，杨怀义已经自顾不暇，更无法保护伍冰，马森和徐子莹都虎视眈眈地盯着她，李默、万鹏必然也会拿她做文章。他害怕，怕伍冰出事……怕她像思齐，像国栋的母亲，还有国栋的保姆。

国栋的母亲只是戴笠派来协助他工作的假妻子。在日本时佐藤就要为他找个日本妻子，他推托说他有青梅竹马，而且这也是他们杨家的规矩，佐藤便不好多说。到香港后，佐藤继续催婚，于是戴笠派了一个杨永森同僚的女儿，也是杨怀义从小就认识的女孩丁静娴来当他的妻子。丁静娴的丈夫是抗日英雄，刚刚牺牲在武汉会战，对日本人有刻骨仇恨，杨怀义和她是同志，是战友，而国栋则是英雄的遗腹子，他看着国栋长大，倒也生出了真正的父子之情来。尤其是孩子母亲牺牲后，国栋与他之间更有了相依为命的感觉。

杨怀义心中的女人只有何思齐，他此生最大的痛就是——因为自己的一个抉择，让思齐香消玉殒。

徐子莹在舅舅家指责他的情景，总浮现在他脑海中。"你有什么资格表示感谢？你强行把她送去美国，自己随后却杳无音讯。她尸骨未寒，你却已经有了个5岁的孩子。"

这句话近来经常在杨怀义脑中响起，让他的心很痛很痛，也让他莫名地害怕……怕这悲剧又在伍冰身上上演。

同样的错误不能犯第二次，他必须救伍冰。这些年，他亲眼见过76号和特高课是怎样对待女共党的，不仅有极度的生理摧残，还有人格上的无底线侮辱。

让伍冰离开上海，就等于是阻止思齐去美国而后遭遇车祸！

杨怀义的神情自然没有逃脱伍冰的眼睛，凭女人的直觉她能断定杨怀义是把她当成了另外一个女人，但她却并不反感他。

在涩谷和马森看来，引蛇出洞计划虽然失败了，却也没有失败，他们选了三个特务，伪装成从满洲来上海读大学的学生，由阿根带着去医院营救新四军大人物，被马森带人抓住,然后被投进了大牢,三个学生成了阿根身份的最好证明人。

当然,这也是水滴计划最重要的一环。

四人分别去过了几次堂,浑身血迹斑斑地回来,但都咬着牙,不承认自己是共党。

大牢里先前被抓进来的药店的中共地下党纷纷用自己的方式表示对他们的关心。有的把高处一点能晒到阳光的铺位让给阿根,还有的把自己的馒头掰半个给那几个长身体的青年,懂点医学知识的更是教他们怎样小心护理伤口。一时间,大家虽身处绝境,却感觉好像是个团结友爱的战斗小组。

马森从他们嘴里套不出什么,又去折磨其他刚抓进来的人了。阿根伤口好了些后,开始怂恿大家越狱。

"留在这里随时可能被拉出去吃花生米。"阿根说,"我们得出去。"

本以为毫无一线生机的大家眼睛都亮了,围着他讨教:"里三层外三层重兵把守,怎么可能出去?连小鸟都难得飞出去。"

老陆半信半疑地说:"阿根,只要你能把大家弄出监狱,我就能有安全渠道,把大家送到太湖游击队总部。那里水面辽阔,岛屿众多,日伪一进去就像进了迷宫,每次都栽跟斗。"

其他人一听也哈哈大笑起来。早听说那里鱼虾肥美,树林茂密，莼菜菱角鸡头米管饱，是抗日的天堂。

阿根再去过堂时，把这事跟马森说了。马森大喜。他们对老陆使用吐真剂后得到些零零碎碎的信息，知道他上海苏州两边跑，疑似在给太湖游击队采买上海物资。

涩谷听到汇报后高兴极了。太湖游击队最让日军头疼，在七十二峰、四十八岛以及辽阔的水面和芦苇荡中神出鬼没，日军每次扫荡都会反入共党包围圈，次次被游击队打得晕头晕脑，死伤无数。日军一直找不到太湖游击队总部所在岛屿，一旦能确定位置，将进行空中轰炸、地面包围，合力围剿。

实施水滴计划时，涩谷和马森就偷偷瞄准了老陆。杨怀义的计划本来只是想让阿根渗透进新四军，但是涩谷的真实目的是找到太湖游击队总部，当然这是瞒着杨怀义的。

阿根被马森面授机宜后，回到狱中，开始给大家讲外面的形势。

阿根看了眼在黑暗中围坐在身边，眼睛亮亮地看着自己的大家，低声说："现在日本正推动与老蒋和谈，政治诱降，共同对付中共，以便抽出兵力去太平洋战场和东南亚战场，所以日蒋双方达成了暗中的协议，不再暗杀和抓捕对方的人，并释放对方的人，我们可以借着这个政策把自己弄出去。"

"那跟我们有什么关系呢？"老陆说。

"是军统的马森来抓咱们的,是吧?"见大家纷纷点头,阿根接着说,"咱们可以在下次过堂的时候,说自己其实是军统安插在中共的卧底,兴许就可以被保释出去。"

大家不信,说哪有那么轻巧的事,马森会相信吗?而且就算信了他们是军统的人,也没人来保释呀。

阿根伸出双手,示意大家别争论,别惊动狱警。他继续低声说:"马森怎么不会相信,如果这个小组不是军统的人,那他们怎么知道这个联系点?"

大家一想,也有道理,要问到具体的人和事,就往死人身上推,马森也不可能知道所有的事。

阿根又谈到了保释的环节,说警察局里有个人很贪财,只要有人找他保释,他只认钱不认人。

整件事情听上去严丝合缝,牢房里的人都沉默下来,各自躺回铺位,在心里琢磨怎样招供才能不被怀疑,空气中流动着无言的喜悦与兴奋。

马森和涩谷第一时间就掌握了这些情况,然后又第一时间报告给佐藤和杨怀义。杨怀义希望水滴计划推进得更快一些,因为"乃兄"电告他老朋友已到上海,之后国府假币战将搅动上海滩,他担心自己有暴露之虞。

18

重庆来的堂兄

"记得你和我二哥小时候老逃算术课,后来算术却最好。"

"怪只怪先生教得太简单了。"

"数学方面我只能甘拜下风,难怪你后来留学选了商学院。"

"谬赞谬赞。你不也成了财经高手,开着成功的贸易公司?"

"哈哈哈哈……"

杨怀义在华懋饭店最好的包间,以最高规格款待了从重庆来的一个名叫朱绪的商人。他恨不得把上海最好的酒菜都叫来招待这个人。

"来,尝尝,这是今天才运到的金枪鱼,那边应该少见。"

"果然鲜美无比,好多年没尝到了。"朱绪连续吃了两块,眯着眼回味。

朱绪真名何家骥,是何思齐的二哥,徐子莹的堂兄。他以前一直不喜从军从政,只打理家族生意,后来国难当头,被杨怀义的二哥杨怀仁拉进了财政部,为国效力。

此次,他带着重庆政府的秘密使命而来,进一步指导苏浙沪的伪钞战,并在上海设立地下伪钞厂。

假币战是抗日战争经济战的重要组成部分,首先由日本发动,时任日本陆军大臣的东条英机亲自发布命令,对外统称"杉计划",中方亦以牙还牙,中日双方极尽所能使用这把利刃。重庆国民政府具体由宋子文、戴笠和中国银行总裁贝祖诒负责实施。

1943年春,国民党收到从美国运来的假钞8200余万元,由云南转道重庆,因此成立了"战时对日经济特别作战室",后又成立由财政、军统两部一起统辖的战时货运管理局。

他们把最大的转运场选择在上海。

经济战不比枪炮损害小,当时汪伪政府每年发行的中储券总量还是大七位数,这批美国印刷的假币却高达大八位数,全部流通起来,可以动摇沦陷区的经济根基。

这次的任务由杨怀仁亲自布置指挥。杨怀仁已经是宋子文的特别助理,替他驻守重庆,宋子文则长期在美国。

何家骥出发前,被告知会与杨怀义联系、合作,但并没有人告知他杨怀义的真实身份,他自然也不能问,不过他已猜到一二。

"目前的伪钞战还是成功的，军统和忠义救国军通过各自的网络，层层把任务分下去，在汪政府各级辖区设立钱庄、商号、货栈等，把伪钞跟中储券混在一起流通。他们各自训练了一批特殊的队伍，分别不定期向敌占各区派遣人员，化装成商人、教师、学生等，用假币购买物资，并从黑市套取法币、军票等货币……"朱绪介绍。

"我知道，你们还奖励前期策反的伪军官兵，让假币在汪伪军队内部和驻地流通起来，甚至日军中也在流通，各个金融机构的军统潜伏人员，也时不时地用假币调换金库或运钞车里的部分中储券……"杨怀义笑笑。

"看来什么都瞒不过你！"

"有门路的都在用，用钱谁不会？谁那么傻，有钱不挣，只是小心不要被抓住——"杨怀义露出满脸奸商的笑。

何家骥向杨怀义转达了此次来沪建地下假钞厂和采购军需物资两大任务，二人交流非常顺畅，可谓是心有灵犀一点通。

杨怀义还细心地提示何家骥哪些地方不要去抛头露面，因为那里有认识他的故人。

"你知道徐子莹吗？"何家骥突然问道。

杨怀义点点头，诧异地望着家骥，本来正准备要告诉他呢，没想到他倒先提起来。

"她就是何子莹，我们的堂妹，比思齐大一点点，小时候你都见过她。我看她现在是大东亚共荣形象大使，应该是跟随她舅舅吧，这次我想见见她。"何家骥很兴奋，毕竟是多年未见的亲人，以前在美国，他经常去看两个妹妹，大家感情很好。

"不行！"杨怀义一下变得严肃，"我其实正要跟你提到她，还没来得及，她可能是日本军方的特工，并不是形象大使、文化汉奸那么简单。"

何家骥目瞪口呆，夹菜的筷子悬在半空。

"她毕竟跟我们不同，也许在她的观念中，认为自己是美国人，是日本人，但未必是中国人。"杨怀义淡淡地说。

晚上，杨怀义收到"乃兄"来电，要他与"西风"接头，共同协助朱绪的工作。为了保护杨怀义"王师"的身份，他此次任务的代号叫"黄桷树"。

杨怀义走进长发股票公司贵宾室，坐在真皮镶红木的沙发上，拿着约定的报纸，等待"西风"。"西风"是谁呢？是自己熟悉的人吗？好期待！

外面大堂人头攒动，吵吵嚷嚷，股票交易正在进行中。

突然听到有的股票，很快从9块，到8块，到6块，到5块，以你想不到的速度狂跌，卖出的，没卖出的，哀嚎一片，捶胸顿足，甚至还有嚷着要跳楼的……

现在的上海，每天都在上演这样的故事。

由于汪政府大量发钞，通货膨胀严重，资本为了保值或投机，纷纷购买股票，而这一时期由于没有统一的场内市场，均由股票公司和证券行自由进行股票的开拍、买卖，于是黑市盛行，空头股票充斥市场，操纵垄断现象普遍，好些小投资者在一夜之间破产，跳江跳楼者时常有之。

杨怀义看着手里的报纸，一个苏北来上海奋斗多年的小企业主，半生努力被金融市场瞬间化为乌有，昨天竟绑着妻子和幼子一起跳了楼。

杨怀义深深叹息，一抬头，发现跟自己拿着同样报纸的杜云峰从敞着的门走了进来，笑眯眯地坐到了自己对面的沙发上。

"你……"

杨怀义话音未落，杜云峰就说："你是来买美通面粉的吗？"

杨怀义惊喜万分，好兄弟并不是偶遇，而是来接头的。

"我更看好黄埔纺织。"

"为什么？"

"这个阶段更缺的是棉纱和布匹。"

两人惊喜万分，对上暗号了。没想到好兄弟成为了好同志！

"怀义，今天股市快结束了，不如找个清雅地方，我向你请教请教金融问题。"杜云峰热情地拉着杨怀义。

杨怀义走出交易大厅时，在他习惯成自然的眼睛扫描中，发现了女扮男装的徐子莹在大柱子后面窥探。他一转头，她就躲了进去。

这个橡皮胶，真是跟自己耗上了，但是却拿她没办法。杨怀义假作不知，和杜云峰走了出去，但是他对徐子莹越来越频繁的跟踪感到担心，琢磨不透她的目的，也不知道她到底摸到了他多少秘密。

到了竹林里的喝茶包房，杨杜二人忍不住轻轻拥抱了一下。

彼此的身份从此有了新的含义。过去他们只是联袂发财的好兄弟，现在亲上加亲，兄弟加同志。

"什么时候开始给戴老板做事的？"两人异口同声地问，而且都斜着眼狡黠地望着对方。

随即两人都哈哈大笑。

"这个年头，得给自己留条后路了！没想到老兄也不能免俗，不是有老头子和大哥罩着吗？"杜云峰故作鄙视地嘲笑。

"我也是血肉之躯啊！你以为老头子真罩得住我？只

有校长和戴老板能!"杨怀义又靠近杜云峰,"听说佛海先生都拿到校长的特赦令了,是吗?"

"我哪知道?"杜云峰连连摇头。

"得了吧,谁不知道你是他的心腹!"

"盟军在西西里登陆了,这是正式进入大反攻了,咱们再不行动起来就迟了!"

"哈哈哈——英雄所见略同!"

由于伪钞在辖区各地泛滥成灾,汪政府接连颁发《查缉假币致送酬金办法》和《战时伪造假币治罪暂行条例》,一手打击,一手奖励。

汪政府决定打一场反伪钞的人民战争,但76号、警察局、税警团肯定是主力军。

夜深人静之时,一辆车悄然开进了李默豪宅的后门。

书房里,李默沉思踱步,等待着什么。

门外管家的声音响起:"老爷,万先生来了。"

"进来。"李默话音还没落地,万鹏已经喜滋滋地走了进来。李默示意他坐在沙发上。

万鹏从包里掏出一堆照片和账单,摆在茶几上。

"主任您看,这几个人都是杜云峰的手下,最近都鸟枪换炮了,置办各种高档东西,出入高级酒楼茶肆,好像钞票是纸做的。"

"这几个人跟杜云峰和杨怀义走得最近,咱们不如先抓来问问，顺藤摸瓜？"

"抓？疯了吧！万一，咱们真假币混合走私的事，他们也有把柄呢？"

"那，那咋办？可不能白白浪费了这次机会……要不，咱们向汪主席汇报吧？折断杨怀义一根臂膀也好。"

李默想了想，慢慢地说："要好好合计合计怎么办，现在新政府高官、76号有几个是干净的，连日本人也在趁机用假币发大财。千万不能搬起石头砸自己的脚！……我们暗暗来，要不从这个王贵生下手，包养妓女的人，能受得住什么威逼利诱。"

"主任英明！"万鹏佩服得很。

"对了，当下为了打赢假钞战正是用人之际，我特意报请汪先生让你复职了。"李默说。

万鹏扑通一声跪在地上："主任，你真是我的再生父母！"

媒体也纷纷行动起来，呼吁群众拒用伪钞，配合上缴和查缉。《中华周报》也对此事做了连续跟踪报道，记述了发现假币的一些例子。

"近期苏州市面发现5元和10元假币，且并缴收……"

"杭州收存假币一万余元，其中10元假币200张，呈交储备银行上海分库聚处，以做比对样章……"

但是，他们想做的并不止于此。

今天，徐子莹、社长和苏露聚在社长办公室开小会，办公桌上摆着不少材料，有照片也有文字的。

苏露一边把一些材料递给徐子莹和社长，一边说："这是咱们的记者和线人通过各种调查采访，包括卧底调查，得到的一些政府官员和军警参与假币使用的线索。"

社长和徐子莹认真翻看着，越来越惊讶。

他们能想到肯定有官员、军警参与其中，但是没想到会有这么多，而且还大多与走私有关。当然，也只有这些人才能有渠道走私。

"你说新政府的经济如何不陷入泥潭……唉，太腐败了，蛀虫。"社长感叹。

"看看这些照片，贫民窟的百姓流离失所、衣不蔽体，乞丐越来越多，普通市民多久都买不到一次大米，也没有煤球做饭、烧水，棉布只够一家人做一件衣服，而那些人又是假钞，又是走私，一车车的大米、煤球、棉布流去黑市……"苏露继续说着。

"唉——可这些咱们也不能报道啊……是吧，子莹小姐？"社长把问题递给了子莹，自从子莹接手新闻、文艺的审查工作后，他就总是让她来拿主意，她跟日本人可才是一家人，有什么事她顶着。

徐子莹终于开口说话了："虽然《中华周报》不足以跟整个假币参与势力抗衡，但辛苦得来的材料，要好好派上用场，不要忘了，有些东西虽然不一定能公开见报，但是可以报告给汪主席和陈市长，前两天我见到陈市长，他还说因为民怨太大，他请求日军以平价分一些大米给上海市，派遣军总司令部竟然也同意了，毕竟现在日本内阁的对华政策是要汪政府所辖区域发展经济、保证安定祥和，上海可是门面。这也是我们媒体的责任，我们也是政府的耳目。所以我觉得还是可以跟进的。"

社长赞同地连连点头："徐小姐心系百姓，高瞻远瞩，佩服佩服！"

"那，我就让他们继续深入调查！"苏露说。

"请子莹小姐亲自来牵头把关吧，怎么样？"社长还是要把徐子莹拉上。目前发现的线索都只涉及中下层官员，再深挖下去，保不住一些大佬会浮出水面，徐子莹倒是谁都不怕，可自己和苏露有几个脑袋？而且她年纪轻轻又刚刚回国不久，需要做一些事情来建功立业，眼下这个，不正好是给她积累政治资本最好的机会吗？

徐子莹自然明白社长的用意，也就答应下来。

回到办公室，徐子莹又仔细地一张一张看着照片，突然她瞪大眼睛停了下来，这个戴墨镜拿着皮包的男人好面熟，她再拿起另外一张照片，这张照片的距离近一些，也更清楚。

"何家骥？"子莹吐出三个字。他不是在重庆吗？难道他来上海了？真的是他？

徐子莹马上通知苏露把那个记者叫来。

记者叫石磊，正好今天回来向苏露汇报情况，现在还在报社。

石磊进来了，是一名三十来岁的小伙子，大众化的脸，眼睛骨碌碌地转着，显得很精明。

为了掩饰，徐子莹先了解了他卧底调查的总体情况，又随意拿起两张照片询问，然后再迂回到重点，指着何家骥的那张："这张又是什么情况呢？"

"这是一个培训会之后，我悄悄地早早溜出来，找了个隐蔽位置拍的照。"石磊说。

石磊已经混进去成了一个有两重下线的小小头目，所以也参加了培训。

"这个人可能是个头目，我看培训我们的人对他点头哈腰，毕恭毕敬的。"石磊在美女领导面前表现欲更加绽放，恨不得马上就能立功。

"哦？他一直在那里吗？"子莹顺着他的话问。

"没有，他只现身了一小会……好在我抢拍到了。"石磊沾沾自喜。

"很好，好好干，你大有前途！刚刚社长明确了，有关伪钞的深度调查由我来亲自负责，你今后直接向我汇报，这件事一定得保密，你要明白，我们可能会触及一些大人物，这些人吃人不吐骨头，只有我才能保护你们，其他人都不行。"徐子莹意味深长地看着石磊。

石磊完全明白徐子莹的意思，连忙说："是的，是的，我懂，我只对徐小姐一个人汇报！"

临走前，徐子莹从小坤包中拿出一沓钞票给石磊，说是私人额外给他的补贴。石磊感恩戴德地出去了，那表情简直是为了子莹上刀山下火海都愿意。

徐子莹又马上叫来苏露，跟她讨论具体细节，并要她再安排一个像石磊这样机敏能干的年轻人与石磊打配合，男女都行。

汇中饭店的大门外，徐子莹隔着马路，坐在车里，用望远镜看着附近。

"小姐，给我一口吃的，我可以帮您把车擦得跟镜子一样亮。"一个老太婆佝偻着在车外请求，挡住了徐子莹的望远镜。

徐子莹急得拿出一叠钱，放在老太婆手上："我不需要擦车。你拿去买点吃的吧。"

"感谢活菩萨。老天爷保佑您一辈子……"

老太婆的话还没说完，徐子莹提高声音："快走，别挡住我！"

老太婆吓得赶紧走了。

一辆灰色的别克车通过引路，缓缓开到了饭店门口。

一个男人下车来，把钥匙交给门童去停车，自己则走进了饭店。

他就是照片上那个男子，仍然戴着墨镜，衣服都跟照片上一样。徐子莹赶紧下车过马路，紧紧跟了上去。

男子上了二楼，正往包房区走。徐子莹保持着适当距离，悄悄跟着。

男子好像有第六感，突然转身。走廊里却空无一人。

躲在拐角处的徐子莹摸摸胸口，吓得心脏怦怦跳。虽然已经多年不见，但她觉得对方就是何家骥。

待何家骥等的人进入包间，与其吃喝谈话时，她包了他们斜对面的房间独自享用美食，不许侍应生来打搅。

徐子莹听到斜对面散席了，一个人走了出来，从虚掩的门缝看，不是何家骥。又过了一会儿，另一个人也走了出来。她赶紧贴到门边一看，果然是何家骥。

何家骥敏感地一侧头，看见斜对面的门刚刚合上。

何家骥心知肚明，出了包房楼道，杀了个回马枪，坐在大堂角落的等客沙发上，借助大型盆景的掩藏，打开报纸看着，余光却扫着从包房区出来的人。

不到两分钟，他看见徐子莹从里面走了出来，还机警地左右看了一眼。

天哪——她竟然在跟踪自己！

何家骥马上在公用电话亭用暗语联系杨怀义见面。

在听了家骥说汇中饭店的事后，杨怀义思忖道："她最近对我也跟踪很紧……难道是因为你？"

"怎么办?"何家骥问。

"干脆这样,直面问题,看看她究竟想干什么。我来安排一次见面吧,变被动为主动,以亲情作挡箭牌,相信她也不会做不利于你的事。"

"应该吧。"何家骥皱着眉头。

19

危险正在逼近

杨宅，晚餐时间。

国栋今天吃得特别快，很快就下桌去玩了。

杨怀义抬头望着徐子莹，难得的表情柔和："对了，你堂兄来上海了。"

徐子莹心里咯噔了一下，没想到杨怀义会主动告诉她。

"哪个堂兄？"子莹假装意外地仰头，睁大眼睛问。

"何家骥。"

"哦，他在哪里？来干什么？"

"还不是一些见不得光的生意，本不适合见人，但血浓于水，他还是想见你一面。"

徐子莹压不住惊喜，马上问："什么时候？"

"等我安排。"杨怀义又强调，"为了家骥的安全，你千万不能告诉任何人。你懂的！"

"懂，懂，明白。"徐子莹尽量平静地说出这句话，但杨怀义发现，她拿着筷子的手有点颤抖。

第二天，杨怀义亲自开车带徐子莹出去"购物"，在百货公司逛了一圈，换了辆车又开了出去。

一路上杨怀义机敏地查看有没有尾巴，徐子莹也警觉地扫描四周。很快他俩来到河边巷子里的一家苏州菜酒楼。

徐子莹一推门，看到从座位上站起来的何家骥，彼此都有点发愣，然后两步并作一步上前，来了个久别重逢的长长拥抱。

"二哥——"

"子莹——"

老实说，近距离看，连何家骥也分不清她到底是徐子莹还是何思齐，更何况对思齐的印象还停留在17岁的杨怀义。在美国读书的时候，两人虽然很像但还是分得出来的，一晃七八年过去了，眼前的徐子莹倒更像二人的合体。

三人心有灵犀，一起举起白酒杯，碰杯后，洒到了地面，为他们的思齐妹妹。

三人忙着叙旧，酒过三巡，何家骥眼珠子还是在徐子莹身上打转：她没有翘着食指捏筷子勺子，也没如思齐般不沾一滴酒，反而酒量如男人。她笑起来也比思齐的嘴咧得大，像美国人一样不怕露出牙齿。她真的是子莹。

"二哥，你这次来上海做什么？"徐子莹终于发问了。

何家骥苦笑道："从上海搬到重庆后，家里一日不如一日，开支大，入不敷出，工厂也快撑不下去了……这世道，赚钱不容易啊！重庆那边，有门道的谁不走点邪门歪道，老实说，我这次来上海就是指望着怀义帮我弄点紧俏货，发点小财，救救咱们何家。"

徐子莹顿了半晌，点点头说："我明白了。"

何家骥笑笑，说："子莹，你不会举报我吧？"

"怎么会！"

但徐子莹翻脸很快，转眼又正色道："二哥只是做点家族小生意，我保证不泄密，咱们是亲人。但如果是重庆政府的人，我希望你收手，快点离开。因为……你可能暴露了。"徐子莹想自己的记者都能发现二哥，皇军和76号也能，必须提醒他们。

"哦——你发现了什么？"杨怀义冷冷问。

"我什么都不知道。"徐子莹也冷冷地回答。话已至此，该说的她都说了。

三人沉默了。

半晌，何家骥开着玩笑："如果我是重庆政府的人，你们会怎么样？会去告密领赏、加官晋爵吗？"

杨怀义转头看着徐子莹。

徐子莹问："你看着我干什么？你也在为重庆做事？"

杨怀义哈哈大笑，举起酒杯说："别吓我们了，何二公子。我们挣钱还得有命花，你不能把我俩拖下水。"

他说着"我俩"，伸手揽着身边徐子莹的肩膀，好像一家人，站在同一阵线。

徐子莹看看肩膀上的手，意味深长地对杨怀义笑了笑。

她突然面色一正，转头对何家骥说："二哥保重，快点回重庆吧。我从来没见过你，你也从来没见过我。"说完起身和何家骥告别，先出去了。

她故意给杨怀义和二哥留下单独空间。基本上可以确定何家骥就是为伪钞战而来，而杨怀义应该是重庆方面的人。

"知道我之前为什么叫你不要主动联系她了吧？她不是你印象中的子莹妹妹了吧？"杨怀义看着何家骥。

"看来她的身份真像你所说，显然她知道很多东西，甚至包括我的身份。"何家骥琢磨着，越想越恐怖，"难道我已经暴露了吗？"

"不会吧？"杨怀义摇摇头。

"为什么？"

"直觉。如果真暴露，她应该早在我面前示意吧，不会等到我约她。"

"你说她会不会出卖我？"何家骥最关心这个问题。

"不知道……但是她肯定不愿跟你沾上关系,听说她最近在谋求中宣部副部长的职位。"杨怀义想了想,又叮嘱何家骥要分外小心,尽量不外出。

"你跟她天天见面,就不能策反她为重庆做事吗?不管她是子莹还是思齐,都是我们的妹妹,我们的亲人。"何家骥看着杨怀义,目光中有一份炽热的请求,毕竟血浓于水,而且多个朋友总比多个敌人好。

杨怀义未置可否。徐子莹太不简单了,他实在没把握。

晚上,杨怀义亲自端着吴妈炖的燕窝走进徐子莹房间,轻轻放在正在赶稿的她旁边,徐子莹吃了一惊。

"你们女生不都喜欢吃这个吗,我专门叫吴妈给你炖的。"

"真是妇女之友啊!"没想到徐子莹鄙夷地朝他一笑,之后继续咄咄逼人道,"是国栋的妈妈喜欢,还是伍冰喜欢,还是其他哪个女人喜欢?"

杨怀义真想转身走人,顺便把燕窝也端出去。但是……忍吧……为了家国大业,抑或是为了思齐……顶着一张思齐的脸,如果能像思齐一样善良、正义就更好了。

"爱吃不吃——你问问国栋,他妈妈吃这个吗?你问问吴妈,家里以前有这个吗?"杨怀义淡淡地笑着。

"谢谢怀义哥哥!"子莹笑了,笑得很甜,跟刚才判若两人。

"我也是因为家骥的到来，突然意识到，咱俩之间缘分还挺深的，20年前就见过，如今又同在一个屋檐下，还共同拥有一大群亲人。家骥说，亲情可贵。"杨怀义说。

一席话把徐子莹感动得眼睛都红了，但她心里却在想，你可不是这样的男人，你想跟我作什么妖？

"明天晚上13军司令官藤田中将请我吃饭，一起去吗？"杨怀义邀请。

"什么事？"

"还能有什么事？不是问我要猪鬃就是问我要桐油……我想办法让家骥弄点。对了，家骥现在的名字叫朱绪。"

"我明天晚上已经跟别人约好了，你小心点不要害了二哥，尤其现在在抓假钞。"徐子莹瞪了杨怀义一眼。

杨怀义本想把子莹牵扯进来，没想到人家不理这茬。杨怀义心里更没底了。

藤田果真是请杨怀义搞猪鬃，酒过一巡，藤田直奔主题："杨桑，我要一吨猪鬃。"

杨怀义一惊。

猪鬃在那时是紧俏的军用物资，有特殊的作用，可以用来清洁武器和医疗器械。那时的武器使用后，内部会有火药残留，若长时间不清理，武器只能报废。而清理火器敏感部位的刷子，只能用猪鬃制造，其他的动物毛都不合适。除了清理火器，给武器刷漆的刷子也必须是猪毛做的，连战地医院清理伤口或清洁精密医疗器械，都需要猪鬃特制的刷子。

珍珠港事件后，美国人认为它关系战争成败，将猪鬃列为了A级战略物资，与军火齐平，并开辟驼峰航线运送猪鬃去美国，再把其他物资运往中国。世界生猪中心的四川，平均一年产615吨猪鬃，七成被欧美运走，国内一年剩不到200吨。美国人还要求重庆政府严格管控，不许日占区走私获得。但是，重庆及国军的高层什么都敢走私，只要有钱，什么都能搞到，只是量多量少而已。在上海，谁都知道，杨怀义绝对是最有能耐的人，正因为如此，他是很多人的座上宾。

"将军，那边管得严，重庆政府像管控军火一样管控猪鬃和桐油，抓住是要掉脑袋的，二三百公斤都得动用我所有的关系了。"杨怀义说。

"一吨。感谢大大的有。"藤田也不松口。

"为什么一下要这么多，以前不都是一二百公斤吗？想屯着倒手是吧，哈哈哈——"杨怀义像看穿了他的小九九，跟他开着玩笑。

"哈哈哈，杨桑，你以为谁都跟你一样是奸商！"藤田也开杨怀义的玩笑，随后露出一副苦脸道，"你不是知道吗，现在战事吃紧，清乡我们也上了，中共太能打了，汪精卫的和平建国军简直不堪一击，而且还经常跟中共串通，临阵倒戈，倒成了皇军打主力了。而且我们还要准备一场大战，要武装十余万兵力，所以请杨桑无论如何帮我搞到一吨。"藤田端起酒杯，先干为敬。

杨怀义心中又是一惊，他知道他们是要准备大战，先前只是故意套藤田的话。

"十多万兵力?! 那可真是大战了，不会让你们去太平洋吧?"杨怀义又故意开着玩笑。

"这倒不会，要是去太平洋战场倒好了，我也不操心这事了。这次真麻烦，听说他们的'虎部队'74军已经进入第三战区。你知道的，这个'虎部队'可是硬敌啊!"

"没关系，将军您是打虎英雄，在将军面前'虎部队'就是病猫!"杨怀义端起酒杯安慰道。

他们吃饭这当儿，阿根已经和老陆以及牢房里的其他人一起被释放了。他们承认自己是军统的人后，果然警察局的那个人愿意保释他们。

大家一个个被叫去按手印，办出狱的手续。

出来后大家找了个地方先住下，阿根要老陆带他们去太湖游击队。

老陆毕竟是富有斗争经验的老同志，总觉得他们这样轻易地就被放出来太蹊跷。半夜，老陆却接到蒙面人投进来的信件，说阿根是特务，万不可去太湖游击区，但可以将计就计借此安全回到根据地，再另作打算。

这正是杨怀义安排神秘人去做的。

老陆马上把一切都想通了，而且更觉得感动并充满了力量。组织上正是通过这种方式在营救他们，同志就在他们身边。

杨怀义这两天真是分身乏术，海军司令长谷将军也请他吃饭："杨桑，你一碗水要端平啊，我们海军也急需猪鬃和桐油，他们13军不过在浙赣打打游击，我们才是真正的大战。"显然他已经知道藤田的事了。

桐油也是重要战略物资，在二战时被广泛用于武器和其他金属物件的保养保护。在资源紧缺的情况下，桐油还被用于提炼柴油、煤油等，替代石油，以支持军事和工业需求。当时世界90%的桐油生产在中国，而中国的桐油中心又在四川。堪比液体黄金的桐油被重庆政府严格管控，当做货币与美国和苏联交换物资，70吨桐油可以交换一架战斗机。美国一年从四川交换22万吨桐油，中国和苏联的需求也甚大，几乎没多少能流入走私渠道了。

"太难了，我在我的能力范围内尽量想办法……"杨怀义又重复着那样的说辞。

杨怀义跟长谷司令官还不是很熟，他从来不会在这些不熟的将军身上套取敏感情报，哪怕他们不小心说到敏感话题，杨怀义也要马上给他们打住，是一个很有边界和分寸的人，所以也深得各方信任。因此他没有挑起海军究竟要打什么大战的话题。

其实杨怀义在海军军令部有个铁哥们椎崎大佐，是穷人家出身，杨怀义以前在日本读书时接济过他，而现在在上海，除了经常请他好吃好喝，还总是变着法让他挣钱，杨怀义跟海军的一些走私业务也通过他，具体的情报也总是从酒后无话不谈的聊天与吐槽中得到。

他们说话这当口儿，徐子莹已经走到他俩吃饭的包间外面，停下来，左右看了看才贴在门上偷听，她正好听到长谷司令与杨怀义的对话。

"你能提供那边需要的物资吗？而且就这两天就要。"杨怀义压低声音。

"什么物资？只要不是军火。"长谷说。

"药品，枪伤药。还有棉布、棉纱。"

"我来想办法，千万别让陆军那帮家伙知道，货也要先给我们海军。"长谷诡秘地笑。

正说到这里，外面的徐子莹见侍应生远远端菜过来，遂灵机一动，假装收回似乎要敲门的手，站到旁边稍让，然后跟着侍应生一起进去。

"好啊将军，请怀义吃饭怎么不叫上我？"徐子莹进来，笑着说。

长谷一见她，哈哈大笑，赶紧示意她坐他旁边："不敢不敢啊,我跟杨桑谈点男人之间的事。"

"男人的事,我也想听听。"徐子莹一边说,一边放下小坤包,看着杨怀义。

杨怀义知道,她绝不是偶然出现,说不定已经听到了刚才的谈话。

杨怀义拿出公子哥儿的口气说:"我在跟司令官说,国际饭店的舞厅为什么叫弹性舞厅,因为铺的全是柚木,跳起舞来好像脚下的地板也在跳动,徐小姐最喜欢来这里跳舞。"

"是啊,择日不如撞日,我们待会儿去舞厅玩玩。"徐子莹顺着台阶下。

"好好,子莹小姐说去就去,不过小心别人踩到你的脚。"长谷笑着。

第二天杨怀义便从椎崎那里得知,原来日军是准备要在太平洋战场发动一场像珍珠港那样的偷袭。

"这不是自杀式袭击吗?明明是美军要大反攻,日军应该守岛?"

"现在美英等盟军正忙着西西里岛战役呢,正是好机会……而且出奇才能制胜!豪赌一次还可能赌赢,不赌可能连赢的机会都没有。帝国军队不是有很多豪赌赌赢的先例吗?"也不知道椎崎是在自豪还是在吐槽。

"也是啊,希望这次也赌赢,也为你们的山本五十六报仇。"

"反正咱们命如草芥,随时准备为天皇玉碎吧!帝国海军现在不是流行气球炸弹、神风特工队这些玉碎式顽抗吗?"椎崎笑道,完了说,"咱们穷人的孩子该吃吃该喝喝,多为家里攒点钱,怀义君,你要多给我们一点发财的机会。"

杨怀义不知道危险正在逼近。

夜深了,杜云峰的手下王贵生在春香楼里刚与妓女缠绵完。

他一边穿着衣服,一边说:"爷有的是钱,明天就赎你出去,还要给你置办一个家。"

妓女一听,赶紧上来箍着王贵生的脖子说:"那我要敬爷一杯,以为盟约。"

"好啊,我王某说话算话。"

王贵生喝完酒,很快便栽倒在地上。

妓女拍拍手,万鹏带人破门而入。

"带走。"万鹏一声令下,他的两名手下背了王贵生就走。

一桶桶凉水泼到王贵生头上,他终于被泼醒。

"这是哪里……"话音未落,他就看见了万鹏及其手下,以及满是刑具的房间,"万爷……"

"王贵生,今天请你来,是想问问,你是怎样发大财的?"

"发大财?没,没有啊……"

"给我打!"万鹏不想跟他饶舌,直接叫手下把王贵生抽了一顿。

被脱掉上衣的王贵生,在蘸了盐水的鞭子的强力抽打下,皮开肉绽。

万鹏做了个手势,鞭打停止了。

"你给老子直接交代,花天酒地的假币是哪里来的?是不是杜云峰给你的!"

"跟杜团没关系啊,你们不要诬陷!"

"给我打……"

又是一顿鞭子。王贵生大声骂起来:"万鹏,杜团知道了,不会放过你的!"

万鹏一举手,鞭子停了。

他诡异地笑着,凑近王贵生:"我知道,杜团在战场上救过你的命,你死也不会说。但是,有一个人会让你说……"

王贵生惊讶地抬起头,见万鹏得意地拍拍手。

一个喽啰推着王贵生的妻子和儿子小宝进来了。

"贵生……"王妻一看丈夫的惨状,喊了一声,就晕倒了。

"碍手碍脚的,给我拖出去。"万鹏一声令下,王妻被人抓住脚踝拖了出去。

7岁的小宝愤怒地瞪着万鹏。

万鹏哈哈大笑,微醺一样迈着步子,走向旁边的桌子,拿起一把老虎钳和一个口腔扩充器,走到小宝面前:"7岁了吧?一口白牙换得挺好。一颗颗拔下来,你怕痛吗?"

"万鹏,畜生!你想干吗冲我来!"王贵生大骂起来。

万鹏把口腔扩充器塞进小宝嘴巴,又把老虎钳伸进去。

小宝挣扎着,吓得尿都流了出来。

"我说!我说!我什么都说!"王贵生大叫起来。

王贵生很快供出了杜云峰,还有用假钞的那些政策,以及如何抢购紧俏物资。

李默叫万鹏让王贵生继续跟杜云峰给他指定的联系人勇哥交易,然后顺藤摸瓜,这业务都做到杜云峰跟前来了,而且交易量这么大,勇哥肯定不是个小人物,前面肯定是个大瓜,说不定已经摸到军统指挥部的门边了。

"杜云峰那边先不打草惊蛇,盯着他和杨怀义的互动,王贵生说好像杨怀义也参与了,不是好像,是绝对!这种好事他杨怀义会不掺和?"李默说。

"对,他绝对不会落下!"万鹏幸灾乐祸地奸笑,好不容易等到复仇的机会了,"这次让他们俩吃不了兜着走,通通停职!"万鹏像打了鸡血,好像已经看到了杨怀义和杜云峰的惨状。

李默、万鹏周密部署，跟踪监视勇哥，很快掌握了他跟哪些人接触，去了哪些地方，做些什么事……可惜，有一个重要的人物上了勇哥的车后最终被跟丢了，但是可以确定大致的区域，是杨树浦的工厂区，这一带工厂林立，道路复杂，支路繁多。

这个人物就是朱绪，之所以界定他为重要人物，是因为他气质不凡，而且还是勇哥用车接的人。朱绪的照片，一眼引起了李默的注意，这种老狐狸，自然闻得出气味来。可惜，朱绪并不好找，他是半路上的车。

然而，很快有一件奇怪的事发生了，不仅牵出了杨怀义，还带出了朱绪，可谓"踏破铁鞋无觅处，得来全不费工夫"，让万鹏一连几天兴奋得睡不着觉，感叹上天有眼。

万鹏一直派人悄悄地24小时监视杨怀义，这天在国际饭店门口，却发现另外有人也在监视偷拍杨怀义，设备比自己的还好。

万鹏的人冲过去抓住了那个人，拉到僻静处，一阵拳打脚踢后开始审问，得知这人是《中华周报》的记者，竟然是徐子莹派来蹲杨怀义的。

"徐子莹监视杨怀义？"听到汇报的李默惊呆了。

万鹏得意地笑："这个女人做得出来，上次在研究院，半夜三更她急匆匆赶来了，因为杨怀义正要带伍冰去干好事……"

"这次可能不仅仅是捉奸吧,最近中宣部部长副部长要改选了,听说徐子莹蠢蠢欲动,雄心勃勃,想在这次打击假币的报道中出个风头,抢个头功,所以找人蹲杨怀义。看来,她的嗅觉也很灵嘛。"李默老谋深算地微笑。

"是,那个记者是这么说的,最开始振振有词地说报社派他做关于假币的专题报道。但是他俩不是同居了吗?夫妻反目?"万鹏不解。

"增加一个制服他的砝码嘛,抓住他的把柄,让杨怀义乖乖听话!我们要帮帮子莹小姐呀!"说完,李默阴险地坏笑。

"主任,你又有什么点子了。"万鹏充满期待地看着李默,"不会要我去跟徐子莹联手吧?"

"不,她可不会跟你联手,要是她反咬你一口,那就麻烦了。既然她也在跟踪杨怀义,那就让她做替罪羊吧。我们可以把一些事引到她身上,把她推到前台,让她挡枪。"

"主任,您太高明了。"

"不能让徐子莹知道。"李默嘱咐。

"是!他们已经让小记者封口了,告诉他今天的事不许透露给任何人,包括徐小姐,而且之前和以后的东西也要给咱们一份,否则76号搞死他全家。"

很快,记者之前拍的照片也到了万鹏和李默手里,他们在这些照片中发现了那个被跟丢的"重要人物",没想到有时候天上竟然是这样掉馅饼的！虽然没有看到杨怀义和重要人物在一起，但直觉告诉李默，他俩一定有关系，而且徐子莹应该也发现了杨怀义的问题，所以才加派了人手盯着。

"不能让这个女人抢了咱们的功，要快点报告涩谷！"李默说。

两人马不停蹄找到涩谷，涩谷也感到意外的惊喜，表示一定要帮助他们抓到杨怀义的把柄，但是这之前一定不能让佐藤知道。

涩谷去杨怀义办公室汇报水滴计划时，态度比平日恭顺了许多，其实他现在倒没那么怀疑杨怀义是中共了。

"杨将军，阿根带着三个学生、老陆，以及另外四个共党出狱后，准备分成两组人马去苏北根据地，但老陆不承认他与太湖游击队有联系，也不愿意去，怎么办？"

杨怀义装作不知道，抬起头，想了想，说："还能怎么办，又不能勉强他们去，这些中共精得很，你说呢？"

"将军所言极是。"涩谷显得很礼貌。

20

混战

"乃兄：13军和海军都需要猪鬃和桐油，可以给出棉布和药品。13军拟发动10万余人大战，并知悉我虎部队已到防区，海军拟在太平洋战场发动类似珍珠港的突袭。王师。"

杨怀义关掉发报机，马上叫神秘男开车走了。这个电报太重要，保险起见，他选择在车上发报。

从报务员手里拿过密电的戴笠，看完后赶紧用专线电话给蒋介石作了汇报。

杨怀义又约见了杜云峰讨论马上要用假钞和海军交易的具体细节，以及帮忙送一个人走。他已经想好了怎么把伍冰送到根据地。

安排妥当之后，杨怀义带着伍冰去苏州出差。

到了苏州，杨怀义先带她逛公园，当然也在聊天中聊到了猪鬃、桐油，以及日军13军和海军的"战事"。

远远跟踪的76号特务拿着相机不停咔嚓，二人在湖边散步，坐在长椅上休息，杨怀义的深情凝视，伍冰的羞涩低头……都被拍了下来。

到了晚上，杨怀义跟人约着在饭店谈生意，谈到关键处，他突然想起报价表忘在酒店了，遂叫伍冰坐松本的车回去，把桌上的报价表送过来。

伍冰从包间到停车场，会经过一百多米长的林荫小道，就在这个小道上，她被两个男人用手帕一捂嘴，拖上了一辆车，飞快驰去。跟踪的特务们一看，也赶紧追了上去。

那两个男人正是神秘男安排的。

伍冰醒来后，发现自己被绑在一个屋子里，两个男人正看着她。

"你们是谁？"伍冰问。

"我们是上海治安特别队的，现怀疑你是共党，要把你带回上海审讯。"

"我不是共党！"

"狡辩是没有用的！我们有确凿的证据！"

"我不是共党！"

"你伙同孙凯，搞各种破坏活动，又参与刺杀马队长，还以色相打入研究院和三木公司，多次窃取秘密文件。你被枪毙十次都够了！"

伍冰听到细节，相信了他们是上海治安特别队的人，不是土匪，便不作声，默默想着对策。

按照杨怀义的设计，第二天应是杜云峰的人接下一棒，扮成土匪再度抢人，随走私物品把伍冰送到与根据地交界的地方，再找机会故意让她逃走。

两个男人留下伍冰，自己去里间休息了。不想一直跟踪的三个特务蒙着面，偷偷翻窗进来，解开了伍冰的绳索，要带她走。

他们还没走出房门，两男子闻声从里间冲了出来。

蒙面的特务头子先发制人，对着两个男人一顿射击，把他们打回了里屋，而他一个手下带着伍冰先出去上了车，另一个则跟他一起，一边掩护一边撤退，并不恋战。

两男人追下楼，却慢了一步，三个蒙面人已经开车走了。

两男人只好去给神秘男打电话，告知行动失败。

伍冰在车上问蒙面人是谁，蒙面人说救你的人。轿车直接开到中央饭店门口，他们把她放下就走了。

杨怀义正在房间里走来走去，焦灼不安，因为神秘男打来电话，告诉他"货"被劫了，方向不明，他们正全力寻找。

"难道我每次要救一个女孩子，都会出现相反的结果吗？"他跌坐在沙发上，捂住头。

这时门铃却响了，"杨总，杨总"，是伍冰的声音，杨怀义赶紧开了门。

伍冰见了杨怀义,嘴巴一瘪,哭了起来。

杨怀义一下把她紧紧抱在怀里,心中满是失而复得的喜悦和感激,但是他不能表现出来,只能装作一无所知地问:"出了什么事?怎么啦?"

伍冰回过神来,推开杨怀义,说:"杨总,不好意思,我耽误您签合同了。我刚下楼,还没走到松本君那里,突然出来两个人,手帕一捂,把我迷晕了。我醒来时,已经在一个小楼里,他们说自己是上海治安特别队的人,怀疑我是共党,要抓我回上海审问。可是后来又有三个蒙面人来救我,还跟他们发生了枪战,把我送回饭店,丢下我就开车走了。"

"啊,怎么会这样?"杨怀义可不是假装吃惊,三个蒙面人是什么人,肯定不是自己派去的,而且又只是把伍冰送回来。

"蒙面人是你派来救我的吗,杨总?"伍冰望着杨怀义。

"不是,我都不知道你被抓了。"

杨怀义一夜没睡,一直在复盘整个事件。半路杀出的程咬金到底是谁?想把伍冰送走这件事是不是暴露了。他决定停止这个行动,不能冒险。

回到上海的那天晚上,心力交瘁的杨怀义准备早早上床睡觉,徐子莹却敲门进来了,挑衅地看着他,然后把一摞照片扔到桌子上:"很会跟小姑娘花前月下的嘛!"

杨怀义一看,照片都是他和伍冰的苏州之行。在湖边他与伍冰肩并肩散步聊天,在长椅上的深情凝视,在饭店门口他伸手帮她捋被风吹乱的刘海……

"你叫人跟踪我们?"杨怀义愤怒地拍着桌子。

徐子莹并没被吓着,也拍着桌子:"我才没闲心理你们那档破事。今天有人送来的,还是管家给我的。"

"不可以是你自己派人送给你自己的?!这段时间你跟踪我还少吗?别以为我不知道,你到底想干什么想要什么你就直说!"杨怀义借机一股脑儿发泄出来。

"我跟踪你,杨怀义,你别高抬你自己了。告诉你,有人早盯上了你的小共党,再不跟她划清界限,你跳进黄河也洗不清了。"徐子莹说完,气呼呼地摔门出去。

杨怀义又要度过一个不眠之夜……

自己像在黑暗中奔跑,筋疲力尽,而四周险象环生,不知利箭从哪里射来……

他要保证家骥的安全,要协助完成伪钞战任务,要保证伍冰的安全,要通过水滴计划安全把几个共产党送到根据地,还要保证自己不暴露"王师"和"孤光"的身份……

徐子莹,真可怕,她好像什么都知道,但更可怕的应该是佐藤吧,他才是躲在后面的真正提线的人?佐藤应该什么都清楚吧,但他什么都不说。

"杨怀义,沉住气,黑暗中你要自己给自己光芒,自己给自己加油!"

最近徐子莹跟佐藤走动频繁,神秘男都报告给了杨怀义,无奈他没办法近身去打探。

今天,徐子莹跟佐藤对坐在榻榻米两侧,斯文地吃着日料,喝着清酒。

"佐藤兄,我们报道的假币事件,听说最近愈演愈烈了。还有没有什么猛料,先给我,让我写一篇比上次还劲爆的。"

"现在主要是汪政府在牵头,我都还不太了解。"佐藤随意地说。

"那你知道什么要早点透露给我,子莹也需要立功嘛。你知道的,很快要改选中宣部副部长了……"子莹有丝撒娇。

"放心,我肯定力挺子莹小姐!我会让涩谷帮你盯着,到时候通知你。"佐藤很爽快,一副包在他身上的样子。

杜云峰把王贵生等几个心腹叫到办公室,低声交代事情。

杨怀义的三木公司明天在港口和海军交易,到时候会携带大量伪钞,而海军的货里也有相当多的违禁物资,同时,杨怀义和何家骥都会在现场,所以杜云峰高度重视,一再强调不能有丝毫闪失。

这个消息很快通过王贵生传递到万鹏和李默处，李默又马上通知了涩谷，抓杨怀义岂能少了他。

涩谷报告了佐藤，佐藤不去，他可搞不定海军那帮家伙，但是涩谷当然不会提到杨怀义等人。陆军和海军素来有矛盾，佐藤也早看他们不顺眼了。

比预定时间早一个小时，徐子莹接到了卧底记者打来的电话，说重点盯着的那几个人马上在码头有重大交易。其实是万鹏安排人透露给那个记者的。

徐子莹马上给杨怀义打电话，却被告知他有大业务要办已经出门了，子莹只能马上飞奔出去。

杨怀义、何家骥和椎崎站在一艘军舰旁边，看几个海军指挥着一群劳工，把军舰上的货箱搬下来，装进卡车里，今天的货比较多，要装三车。

椎崎问："清点了吗？数量是对的吧？"

"不用清点！这点信任都没有，还怎么做生意？"何家骥靠近椎崎的耳边，"这可是要杀头的，你们太君不怕，我好怕怕——"

"好怕怕——咯咯咯……有我在，不怕怕……"椎崎学着女人的声音，更做着女人的扭捏态。他可不像佐藤永远一副一本正经、道貌岸然的样子，经常玩得疯疯癫癫。

两个人正哈哈大笑，突然杨怀义的表情凝固了，椎崎笑道，"杨桑现在可真是怕怕了——"原来，徐子莹到了，停下车往这边走来。上海日军高层，基本上都知道杨怀义和徐子莹的关系。

"我家的母老虎来了，不要让她知道。"杨怀义走到一辆轿车前，打开后备箱，里面全是箱子，他打开一个给椎崎看，内里全是钞票。

"需要清点吗？"杨怀义问。

"不需要，你信任我，我也信任你！"

杨怀义安排再来几个人把两辆车里面的箱子全部扛上军舰。真不知道徐子莹来这里干什么。

说时迟那时快，徐子莹已经到了跟前："怀义，椎崎大佐——"

"你怎么来了？"杨怀义问。

"来找你呀——国栋叫我来找你！"徐子莹做撒娇状。

"快点回去吧，国栋突然一直拉肚子，抓紧点——"徐子莹暗暗对旁边的何家骥使眼色，眼睛四处打量着。

杨怀义也随着子莹的目光四处扫射，却看到两辆小车一辆大车开到了，万鹏和李默下了小车。

万鹏带人雄赳赳地冲在前面，李默走在稍后面。

"那个就是敢抢皇军的物资的万鹏。"杨怀义对椎崎轻声说。

"放心，杨桑，我今天给你报仇。他们来干什么？"杨怀义早在椎崎面前灌输了很多万鹏、李默的罪该万死。

"来找死呗！……这架势是来火拼的，椎崎君，谁给他们的胆？看来没把帝国海军放在眼里。"杨怀义继续煽风点火，然后提议，"还是让人把朱老板送上军舰吧。"

"谁敢？！毙了他！"椎崎给身边的人使了个眼色，那人马上朝军舰上的人做了个手势。

李默到了跟前，跟椎崎打过招呼后说道："椎崎大佐，不好意思，我们接到线报这里有人交易伪钞，我们要检查。"

万鹏在一旁对徐子莹点头哈腰道："子莹小姐也来了，感谢你的卧底给我们大家提供的情报。"

徐子莹、杨怀义和何家骥都瞪大眼睛。

"伪钞？在这里？"椎崎惊讶而愤怒地看着李默，"这是我们海军和杨桑的三木公司的贸易。你在说我们？"

"不敢，我们怎么敢怀疑二位……但是怕这中间混入了坏人，请将军允许我们检查……"李默这边说着，旁边的万鹏则狗急跳墙招呼手下们抢箱子，等上了军舰就麻烦了。杨怀义使了个眼色，杜云峰安排的负责保护何家骥的人连忙拉着他往军舰上跑，万鹏马上带人堵住他们，并拿枪顶住了何家骥……

这一切发生得太快，可把椎崎惹火了："八嘎——敢在海军的地盘闹事，活腻了——"椎崎朝天放了一枪，并拿枪指着李默的头，叫了声："滚——"

没想到李默的人不但不滚，还拿枪对着椎崎和这边的人，李默则打着圆场，说是奉汪主席和派遣军司令部之令，请椎崎大佐配合，佐藤大佐马上就到云云。

而这时军舰上冲出了一列端冲锋枪的日本海军，包围了所有人。椎崎哪受过此等奇耻大辱，见自己的人都到位了，对着领头的万鹏的头就是一枪……

"敢以下犯上，就地正法！"

气氛一下凝滞，所有的人都呆住了，尤其是李默，没想到已经亮出尚方宝剑了椎崎还敢开枪。李默恨恨地瞪着椎崎，眼中愤怒的火焰仿佛可以把人烧焦。椎崎轻蔑地说："还有人想往枪口上撞吗？"

正在双方僵持之际，涩谷和佐藤带着人到了。佐藤看到杨怀义，看到血泊中的万鹏，似乎明白了什么……不是说是重庆的人和海军的交易吗，这个涩谷，看来没跟自己说实话，好在自己故意磨蹭，晚到了20分钟。

李默对佐藤大声报告："次长，《中华周报》的卧底记者报告，重庆方面在这里跟海军走私战略物资，并用假币交易，汪主席高度重视，特派我来稽查！"

杨怀义看了眼徐子莹，冷笑道："听风就是雨，记者的话也信，我们三木公司在为皇军采购军用物资。"

"你们帮皇军采购军用物资不假，但是有没有军火或者枪伤药，打开箱子不就一目了然了？"李默马上反驳。

"椎崎君，你看，事情都闹成这样了，不如开箱给大家看看，还自己一个清白。"佐藤说。

椎崎说:"佐藤君,帝国海军的东西是你想查就能查的吗?"

"椎崎君,我们怀疑这里混入了重庆特工参与交易,还有假币,你说我们能不能查……"佐藤不急不慢道。抓间谍可是上海陆军联络处成立之初日军大本营就赋予它的职责,驻沪海军也得配合,最近大本营又让他们帮助汪政府打击假币。

椎崎哈哈大笑:"重庆特工?谁是重庆特工,是杨桑?"

"是他!"李默两步窜到何家骥面前,"我们已经查清了,这个人就是重庆特工,来上海领导假币战,伙同三木公司与帝国海军走私军需物资。"

"放屁!朱老板是我们研究院在重庆的线人,也是商人,这次专门为筹集皇军的军需物资而来,我让他来的。"杨怀义说话了。

"是为皇军筹集物资而来,还是为假钞而来,开箱检查不就知道了吗?"李默道。

"八嘎!"椎崎怒视着李默,目光从李默移到涩谷再到佐藤,"我说了,海军的东西只能海军自己检查,谁都不能插手!"

佐藤看着椎崎,又看着杨怀义,再看着拿着冲锋枪对峙的双方,一时难以抉择,如果就这样撤了,以后海军这帮人更加为所欲为,如果强行检查,真的火拼起来事情就大了，而坐收渔翁之利的倒成了李默。

"那就请椎崎君仔细检查，之后给我们一个书面报告，我们会将此事上报。但是这个朱老板我们必须要带回去调查！"佐藤公事公办地说。话已至此，椎崎应该明白，他只是给了海军一个面子让他们自己查，但这件事并没有过去，这边仍然会继续盯着，而对于涉谍的人更是陆军联络部的事。

"放心，我们会请专家来甄别。"椎崎也认真地说。

李默连忙让人押着朱绪上车，却被佐藤叫住了。

"你去，押到我们陆军联络处。"佐藤对涩谷说。杨怀义本来正想到佐藤身边阻止，这下放心了，而旁边更紧张的徐子莹也暗暗松了口气。

"次长，这个人还请允许押到我们76号，我们已经抓到相关的几个人了，好合并审理。"李默着急地看着佐藤，又给涩谷使眼色。

"是的，次长，他们已经抓到了同案犯，还有税警团的人，可能一并在76号审理更合适。"涩谷对佐藤耳语。

"你的意思是我陆军联络部不该审，审不了？"佐藤白了涩谷一眼，"带回去！"

"是！"涩谷再也不敢多说一个字，让两个日本宪兵把何家骥押上了车。李默狠狠地瞪了杨怀义一眼，便带着人去抬万鹏的尸体。

杨怀义叮嘱了椎崎几句,也上了自己的车,徐子莹跟过来,好像要说什么,杨怀义啪地关上车门,憎恶地看了她一眼,绝尘而去。

21

落难兄弟

到了上海陆军联络处,杨怀义马上叫人送来了线人花名册等有关朱绪的资料,给佐藤过目,并请他放人。他早做了充分准备。

佐藤也不是傻子,那个朱绪一定有问题,这个杨怀义在这件事中肯定不干净,仗着自己给他撑腰,什么钱都敢赚,那些钞票肯定很多是假钞,物资中一定有枪伤药甚至军火,他也怕自己被杨怀义牵连,所以当时不敢把朱绪交给76号带走,而现在也不可能轻易把他放走。

"放人?说得轻巧!李默他们没有十足的证据敢冲到海军的地盘?你还是跟我老实坦白吧!李默肯定随后就到。"

佐藤猜得没错,李默在万鹏的灵堂发誓要为他报仇后,也马上带着资料并押着王贵生到了陆军联络处。

待那些证据和王贵生的交代结合在一起,佐藤和杨怀义都有些傻眼了，没想到李默他们这次准备得这么充分，简直要一剑封喉。

"根据这些证据完全可以看出，这个朱绪至少是假币战的主力，你和杜云峰都是帮凶，而你，还是隐藏在我们身边的那个重庆的隐身人！"李默指着杨怀义。

涩谷在一旁得意地看着杨怀义冷笑。

"参与点儿假钞的活动就是军统，那你李主任是不是军统呢，你干净吗？我拿不出证据吗？再说了，就算朱绪真的是军统，怎么证明我就是重庆的隐身人？我记得，这几年76号查出的卧底，个个都牛皮糖一样黏着你李主任呢。"杨怀义同样冷笑道。

"行了，别在这儿狗咬狗了，你们这些人，个个利欲熏心，只知道发国难财！滚——"佐藤吼道。

傻子都看得出佐藤是在护着杨怀义，想先就此打住，现在的情形明显不利于杨怀义。

涩谷向李默使了个眼色："你们都先回去吧，我们会调查这件事。"

李默和杨怀义识相地告退。出门时，两人看了对方一眼，恨不得把对方吞下去。这是彻底地撕破脸皮了。

杨怀义回到家，徐子莹马上过来，问二哥怎么样啦？放出来了吗？杨怀义厌恶地瞪了她一眼，真想训她一顿，但没时间，他需要思考的问题、安排的事情太多了。现在真成了把他架火上烤，稍有不慎，极可能暴露身份。

几天后，情况急转直下，李默红了眼，大肆抓人，查出了朱绪的真实身份，而且知道了何杨两家是世交。同时，李默得到了汪精卫的尚方宝剑，抓了周佛海的亲信杜云峰和他手下几个亲信，无奈杨怀义被佐藤罩着，暂时无法下手。

李默那天从陆军联络处回去就添油加醋地向汪精卫汇报了此事，咬死杨怀义就是那个重庆的隐身人，而杜云峰也和杨怀义勾结，暗通重庆。汪精卫正为大小官吏参与假币战和走私头疼，想抓几个典型，而杨怀义竟是重庆安插在自己身边的卧底，更是打了自己的脸，这次非得借这些事情扳倒他，杀鸡儆猴，看那些日本人谁还敢帮他撑腰。

这天，佐藤叫来了杨怀义，劈头盖脸训了他一顿，从何家骥到杜云峰到他，从走私到假币战。

"……现在的对华政策是要保证南京政府辖区的安定团结，经济繁荣，汪精卫已经向内阁告了状，说你联合军统搞垮新政府的经济，你说我怎么办？还说我们日军包庇你，甚至跟你沆瀣一气参与其中，要我们自己彻查，给新政府一个说法，现在这个锅你背得起吗？这个罪责我是担不起！现在起，你留在陆军联络处配合调查！"

"你枪毙我好了！我要不是帮你们干脏活，至于这样吗？你不给他们好处，睁只眼闭只眼，人家凭什么给你猪鬃、桐油？我早就说过不想干了，命都要丢掉！现在有问题了，你们他妈的都要丢卒保车了！"杨怀义耍横起来。

"你别跟我横了，上次借着水滴计划私下跟新四军交易我给你擦了屁股，这次是证据确凿，汪精卫还咬定你是重庆卧底，要求把你交给76号，那我把你交给他们？"佐藤还在发火。

"交吧！"杨怀义干脆死猪不怕开水烫，跷起了二郎腿，拿出一支雪茄抽了起来。

"你就是那个重庆的隐身人吧？"佐藤狡黠地看着他，表情异常诡异。

"我是又怎么样？你把我毙了，免得我牵连你和老师！"杨怀义吊儿郎当地看着他。

"认真说！否则真毙了你是小事，还把我搭进去！"其实佐藤真害怕他是卧底，必须得提前做准备。

"我有那么伟大吗？你还不了解我？你难道看不出来李默嫉妒我，一直想整我吗，只不过现在逮住了一个机会。但想整我可没那么容易，不就是用点假钞吗，他没有，其他高官没有？我杨怀义是吃素的？回头就让人把他们的罪证送来，你佐藤大佐帮我养着的情报网是白养的？"杨怀义还是那副神情，不过这熟悉的不屑的神情倒让佐藤悬着的心慢慢放下来。他杨怀义怎么可能是待宰的羔羊。

正说着，电话响了起来。佐藤接起来一听，赶紧立正，喊了声："藤田将军。"

藤田的声音非常大，连杨怀义都能听见。

"听说杨桑被你抓起来了?"

"没有,没有的事。"佐藤转头,狠狠瞪了杨怀义一眼,"他正在我办公室喝茶呢。"

"叫他接电话!"

"嗨。"

佐藤示意杨怀义过去接电话,后者不紧不慢走了过去。

"将军,在哪都能被你抓到啊。"杨怀义笑着说。

"杨桑,你是故意在躲我赖账吗?到处打电话找不到你。我的猪鬃呢?不会有变吧?什么时候给货?"

"供货人被76号那帮孙子当重庆间谍抓了,暂时没法跟那边的货源对接,您先等等。"

"我等等!开战能等吗?76号那帮人从来成事不足败事有余,我问问!"

……

杨怀义放下电话,旁听的佐藤骂道:"别以为一个中将就能把何家骥保出来,上面还有司令官还有大本营呢。"

"杨怀义被抓"的事情演绎了几个版本满天飞,徐子莹坐不住了,何家骥没救出来,杨怀义自己倒进去了。她立刻给佐藤打电话,但佐藤在开会。之后从苏露那里了解到汪精卫夫人的态度后,徐子莹心更慌了,直接去了陆军联络处堵佐藤。

佐藤见到徐子莹,以为她是为杨怀义而来,没想到徐子莹开门见山直奔的主题是朱绪。

"他是我的堂兄何家骥，我大伯父的二儿子，请求佐藤君放了他，也放了杨怀义。何家去了重庆，家境败落，入不敷出，堂兄才铤而走险，而杨怀义帮助他，也是因为讲兄弟义气。"

"哦？"佐藤听到这些可太突然了。

还没等佐藤发问，徐子莹哭起来，声泪俱下："佐藤君，你们知道我的父母都没有了，我才去日本投奔了舅舅，我真的不能忍受要失去我的亲人，呜呜——而且，对于我大伯家，对于杨怀义，我是歉疚的，因为何家骥的亲妹妹，杨怀义的未婚妻，也是我最好的姐妹是替我而死的，她把她参加钢琴比赛的名额让给了我，自己陪我父母去洛杉矶看病，路上出了车祸，呜呜——"

看着哭得梨花带雨的徐子莹，一向冷血的佐藤也有了一丝难过，那是对子莹的心疼，对杨怀义的同情，他从口袋里掏出手帕，本想给子莹擦眼泪，但马上意识到不妥，朋友妻不可欺，手已经到了她脸边，又退回来把手帕塞到子莹手里。

"怀义知道这些吗？"佐藤问。他知道杨怀义有个青梅竹马的小未婚妻在美国留学，本想等她毕业接到日本两人团聚，但事与愿违，她因意外香消玉殒了，杨怀义很长时间都没有走出来。原来他和何家骥、徐子莹是这种关系。

"知道，所以他恨我，先入为主地排斥我。但我想跟他在一起,我想替妹妹活着,陪在他身边。"

佐藤点点头,若有所思,难怪杨怀义没来由地不喜欢徐子莹,还以为他是欲擒故纵、口是心非呢。

佐藤像大哥一样拍拍她的肩膀:"去看看怀义吧……这件事很棘手,连汪精卫都来施加压力了,但我答应你一定会想办法,对外你一定不能透露你和何家骥的关系,仅止于我!"

"我知道!"徐子莹感激地看着佐藤,用佐藤的手帕擦着眼泪。

把子莹送到羁押杨怀义的房间佐藤便走了,杨怀义冷冷地看着徐子莹和她手中佐藤的手帕。

"怎么,来立功受奖?还是看我笑话的?"

"我是担心你和家……"

"不要说了,我不想听,也不想见到你!"杨怀义马上打断子莹,并用手指压在嘴上。

子莹明白了他的意思,遂配合道:"好吧,我马上就走,希望你不要误会我,这也是我们媒体的工作。我坚信你没问题,等你回家!"

果然,隔壁房间,佐藤亲自拿着耳机监听着。

"走吧,我本来就没有问题,有没有问题都跟你没关系!"杨怀义继续没好气地赶徐子莹走。这是他的真心话,这个女人太不同寻常了。

子莹却一把抱住杨怀义,在他后背敲出摩斯密码:

"墨索里尼下台了,新政府与同盟国秘密接触,可能商谈投降事宜,德日焦头烂额。军方话语权很大,我会联系一些将军保你。"

杨怀义惊讶地看着她,她却转身走了。

杨怀义心里半惊喜半沉重,惊喜的是徐子莹应该是真的在营救自己和何家骥,沉重的是更加确认她是日本军方的特工,才会了解如此准确的信息,而且发报手法显然经过专业训练。虽然这一次她是在帮他们,但只是出于亲情,终有一天,他们会拔枪相向,就像他和佐藤。

此时,苏露已经接到了上级要求她与"孤光"同志接头的电报,她也已经按约定在报纸上刊登了广告,可是没有等到人。她只好继续刊登广告。

苏露不知道此时的"孤光"正身陷囹圄,根本不可能知道组织又在派人和她接头。

在杨怀义的问题上形成了两派意见,日本军方多数是想保他的,但是又迫于汪精卫的压力,而汪政府内部却是斗得厉害,也分成了两派。周佛海本来是汪政府的二号人物,李默仗着有汪精卫的支持越来越不把周佛海放眼里,想从他手中分走更多的权力,这次正好用杜云峰的事借题发挥,但周佛海又岂是软柿子,也联合了一批人,如上海市市长陈公博等搞李默,尤其杜云峰后面有中村,杨怀义后面有佐藤,周佛海就更有底气了,而且杨怀义和杜云峰也早做了准备,其实已经把李默的老底全部揭开了,一出事，就把这些证据交给了日本人。

佐藤专门回到南京中国派遣军司令部，把这些证据摆在畑俊六的办公桌上。

畑俊六一看，气得拍桌子："早有耳闻这个人骄横跋扈，连我们日本人也不放在眼里，不仅上海粮食供给不够，连日军的军粮都没有充分保障，原来他居然把粮食卖给了国共两方，而且数额如此巨大，还敢抢劫日军，这比杨怀义、杜云峰等人可恶多了！"

这些可都是致命的东西，杨怀义只在关键时候拿出来。

"关键是他有政治野心，你看他掌握的特工组织已经膨胀成了一个怪胎，权力太大，越来越不听我们的指挥，经常阳奉阴违，用他们中国人的话说，这是土皇帝。"佐藤继续煽风点火。

"难怪说他尾大不掉，这件事你看着办吧，日军绝不能容忍土皇帝。汪精卫还想给我们施加压力，等和蒋介石谈好还有他什么事？我们现在最重要的事是对中共的作战和与蒋介石的边打边谈。"

"那——把杨怀义放出来，让他继续跟蒋介石谈？"佐藤小心翼翼地问。

"汪精卫咬住杨怀义是重庆的卧底，我现在巴不得他是！你看着办。"畑俊六阴险地笑着。

佐藤看着畑俊六的眼睛，会意地说："是，属下知道该怎么做了！"

近段时间佐藤压力很大，天天加班，清乡计划受挫，中共卧底无线索，与蒋介石和谈无进展，大本营眼巴巴等着西西里岛战役后美英苏的动向，如今又冒出杨怀义、何家骥事件……不过现在拿到了司令官的尚方宝剑，他心安了很多，准备今天早点回家休息。

正要离开的时候，涩谷进来了。他面露喜色，双手递上密电："次长，好消息，雪狼查出中共在上海的大鱼代号叫'烛火'，清乡的情报应该来自'烛火'。"

"除了代号，还有其他线索吗？军队都排查了吗？"佐藤一下来了精神。

"属下这段时间也一直在排查军队。要说可能性，除了汪精卫，都有可能。这些支那人都是墙头草！不过，我们通过跟踪老钱，发现了一个可疑人物。"

"谁？！"

"《中华周报》副总编苏露。"涩谷说。

佐藤若有所思："哦——《中华周报》那种地方，确实适合获取情报。"

"苏露日语很好，社交广泛，跟很多日军军事记者也是朋友。而且，她的家就住在上次老钱消失的那块区域，也是多次发现神秘电波的范围。关键是，我们发现陈家港战役前她和子莹小姐去了苏州，太多巧合了。"

"去苏州干什么？问子莹小姐了吗？"

"没有，我问了松本。"

"也好，暂时不要让子莹小姐知道，她没有经验，反而会置她于危险中。"

"对了，苏露每周还要去一次杨公馆。"

"哦——给子莹小姐送稿件审稿，是吧？"这是佐藤当时给社长交代的。

涩谷见佐藤一点不吃惊，就点点头。

"要保护好子莹小姐，如果苏露是中共，她一定会被苏露利用。"佐藤提醒，并让涩谷安排全面监控苏露。

22

第二次接头

涩谷专门安排了一班跟踪技术高超的人马,日夜监视苏露,她走路、坐车、上班、回家均被监视。

这天,苏露七弯八拐去了一家报社的广告部,也被尾巴跟踪了。马森笑着对涩谷说:"估计又是登广告,中共、军统都爱这样接头!"

涩谷激动地说:"定是上次白蔷薇没接上头的延续,这次无论如何不能再出意外了。"

苏露的家,特务们已经进去多次了,没找到可疑的东西,但涩谷和马森并不死心。之后马森亲自前去,终于在杂物间杂物背后的墙上,找到了踢脚线里面的机关,打开后,一部电台赫然藏在墙里。

马森欣喜万分,这下证据确凿,苏露应该就是"烛火"。"烛火"已经是大鱼了,那跟她接头的,得是多大的人物。

杨怀义被放出来了，苏露的接头广告总算有了回应。苏露激动地准备接头。

那天，苏露出门后，使用金蝉脱壳之计，进到一个居民楼，在里面改变了发型和服装，从自己熟知的另一个单元的后面出来，到了接头的书店。

苏露在二楼的一个角落，一边假装翻书，一边查看四周情况。

近处、远处、店内、店外，一切正常。此时，二楼只有她一个人，但是，其实楼下有个穿学生装的男生刚好可以看到苏露。

这时，一个穿长衫戴眼镜留着胡须行动不太利索的长者进门了，在楼下翻看古籍书。这正是化了装的杨怀义。

他观察四周，这个男生的脸进入了他的视线，男生眉宇间那种警觉的气质让杨怀义暗自叫了声"不好!"

杨怀义故意慢慢往楼上走去，转身查看，发现男生正闪身出去，身手敏捷。

杨怀义完全确定了，大声喊道："马上撤退，我引开他们。"

苏露听到声音，往这边一看，只看到一个背影冲向大门。

那男生冲到书店外面的街道上，取下帽子使劲挥舞着。一时间，很多人突然冒出来，拉车的，摆摊的，还有周边店铺里的人，竟然都是特务伪装的，他们拿着枪往书店门口冲来。

杨怀义首先开枪打死了那个假扮学生的特务,然后夺路而逃。他身姿矫健,弹无虚发,一枪一个,活活冲出了一条血路。还在店里的苏露,则随着慌乱的人群溜走了。

涩谷在一旁大喊:"抓活的!"喊完后,涩谷愣了下,看着逃走的那个背影,吐出三个字:"杨怀义?"

涩谷看追不上了,马上对着那背影的手和脚射击。那人颤抖了一下,好像被射中了手臂,眨眼间,他就跳上了一辆来接应的轿车。

轿车风驰电掣狂奔,司机正是神秘男。

杨怀义在车里迅速褪下长衫卸去妆容。他的长衫袖子上果然有个被子弹打穿的洞。

涩谷马上跑进街边一个商店,抢过柜台的电话就打,马森冲进来,在旁边看着。涩谷打的是研究院的电话。

"什么?杨院长没来,生病在家。"

涩谷"啪"地放下电话,又拨另外的电话:"给我查杨怀义家的电话。"

涩谷得知杨怀义家的号码后,立刻拨打过去:"请问是杨公馆吗?请杨将军接电话。"管家在电话里回复:"抱歉,先生生病了,正卧床休息。"

"我是佐藤先生的助理,佐藤先生找他有急事,请他务必起来接电话!"

管家为难地说:"先生刚刚睡着,等他醒来,我请他给佐藤先生回电话。"

管家说完，刚想挂断电话，就听涩谷骂人了："八嘎……"

管家假装没听见，还是挂了电话。

旁边的马森提醒道："不是有子莹小姐吗？请子莹小姐听电话。"

涩谷一听，拿起电话又放下了："算了，眼见为实，我请佐藤先生去探望他。佐藤先生去他家比这里回去快。"

涩谷说完，脸上露出阴险的笑，感觉这次胜券在握了。

佐藤争分夺秒，带着副官闯进了杨公馆。按照他的计算，这样短的时间内还没谁能从书店狂奔回到这里，即便是开车。

管家迎上去，还没来得及开口，佐藤就说："听说怀义病了起不来床，你带我去看看他。"他说完，转身吩咐副官在客厅等，自己则迅速往楼上走。

管家面露难色，闪到楼梯口，鞠躬说："佐藤先生容我上去通报一下吧。"

佐藤把他推开，径直往楼上走："我和怀义哪需要通报，我们还曾经睡在一个床上呢！"

管家跟在后面，急得额头上的汗都滴下来了。

到了杨怀义卧室门口，佐藤推门，竟推不开，里面好像锁上了。佐藤兴奋起来，提高声音喊："怀义，怀义！

我来看你了!"

一会儿,门开了,站在门口的却是徐子莹。她穿着睡袍,披着头发,脸上红红的,不知道是胭脂还是潮红。

"子莹小姐?!"佐藤很惊讶。

"佐藤君……"徐子莹害羞地裹紧了睡袍,低头说:"怀义正在泡澡,佐藤君先去客厅吧,这里太不雅观了。"

佐藤也尴尬地笑笑:"失礼了,没想到子莹小姐在这里。我去客厅等。"

徐子莹换了衣服,随后下楼来到客厅,两颊还是红着,但相比刚才已经褪去了一些。管家趁此机会离开,上了楼。

"子莹小姐不用害羞,我为你们高兴!他这个人口是心非,就喜欢欲擒故纵。我说嘛,他迟早会拜倒在你的石榴裙下。"

徐子莹略带害羞地说:"多谢大佐玉成!以后您还要继续帮我盯着他。"

佐藤哈哈大笑:"放心,我帮你全方位盯着。这不,说他病了起不来床,我马上就来了。"

"是重感冒,还拉肚子,我本来想让医生给他打一针,可这人说他从不打针吃药,休息两天就好。真会享受,叫我给他按摩呢。"

佐藤赶紧附和:"是是,他从不打针吃药,我也不。"但心里仍惦记着杨怀义会不会现身,书店接头的大鱼是不是他。

他正东想西想，有一句没一句地跟徐子莹客套，不想管家几分钟就下来了，鞠躬说："佐藤先生，少爷洗完澡了，请您去卧室。"

杨怀义躺在床上，盖着被子，蔫蔫地看着佐藤和徐子莹走进来。

他有气无力地说："有什么事吗？我一个感冒都劳你大驾。"

佐藤走过去，笑道："你是宝贝是功臣啊，不来看看怎么放心！"

佐藤说完，伸出手，摸摸怀义的额头，问他发烧吗？又拍拍他的肩膀，拉起他的手臂。杨怀义的手臂上竟没有任何伤痕。

"你看你，这两年越来越细皮嫩肉了，所以抵抗力差。你看我，多锻炼，增强体质！"佐藤笑起来，举起自己的手臂，鼓起秀肌肉，说，"赶快好起来去上班，我有几项重要工作要你推动。"

临走，佐藤又靠近杨怀义坏坏地笑："生病了就不要纵欲过度。"

佐藤的车刚驶出杨公馆，前方等着的涩谷一见佐藤，急切地跑了过去。

佐藤摇下车窗，冷着脸说："杨将军在家，你看错了。"

涩谷露出难以置信的表情："真的吗？"

佐藤有些生气了："你不相信我吗？"

涩谷马上鞠躬："属下不是这个意思……"

佐藤不耐烦地挥挥手，打断了他："继续盯着苏露，不要打草惊蛇。她应该还会想办法接头。"

"嗨！"涩谷立正鞠躬，目送佐藤启动开过去后，才赶紧跑进自己的车里。

杨怀义的卧室只剩下他和徐子莹了。

徐子莹把房门关了，走回来严肃地问："你去哪里了？"

"在书房。"

"你不在书房，也不在家里，我都找遍了。"徐子莹在椅子上坐下来，盯着怀义的眼睛，缓缓说。

杨怀义反问："你以为你知道我家的每一个角落？"

徐子莹不说话了，白了他一眼。

杨怀义看她一眼，坐起来，一边穿衣服一边问："你为什么要帮我打掩护？""如果我说喜欢你，想替思齐活在你身边，你信吗？"

杨怀义恢复了惯常的冷笑，鼻子里哼哼。

"你知道在这乱世，一个女孩孤苦伶仃、寄人篱下的滋味吗？我想有一个家，我想有爱人有亲人……"徐子莹说着说着，声音竟有点哽咽了。

杨怀义看着她那张真假难辨的脸，真想把她看透。

而子莹也在心里问：他到底是谁？

佐藤回到办公室，左思右想，继续复盘一切，涩谷却又有事来报。

佐藤不耐烦地说了"进来"。涩谷看着他的脸色，小心走到办公桌前，压低声音，鞠躬说："大佐，雾月想见您。"

佐藤一听，就猜到又是杨怀义的事，只有杨怀义才会让涩谷这么积极。不过，他自己对于杨怀义的事也是非常敏感，只是故作不经意罢了。

23

真实的伍冰

月光洒在树林里,阴影深处停着一辆黑色轿车,车里坐着穿便装的佐藤。

一会儿,一个蒙着面纱的女子上了车。

女子揭下面纱,竟然是伍冰。

她侧身对佐藤微微颔首,说:"大佐好。"

佐藤回应:"惠子好。"

原来,伍冰并不是中国人,而是潜伏在重庆的日谍头子渡边的女儿渡边惠子。这也是涩谷和马森的引蛇出洞计划之一,利用伍冰假中共的身份已经把好多大蛇引出洞了,孙凯、老钱、苏露,甚至杨怀义也有可能。

这个计划佐藤当然也是知道的,但是马森不知道伍冰是日本间谍,以为她只是军统。

在渡边惠子还没学会说话时,她父亲就决定了要把她培养成一个顶尖的间谍,为大日本帝国鞠躬尽瘁。在国家利益面前，他毫不犹豫粉碎了亲情，伍冰刚读完小学就让她被一对中国平民夫妇收养。

很快，养父病死了。养母除了善良温和，其实没什么社会技能，靠在大户人家当佣人供养伍冰，伍冰也是穷人的孩子早当家……为了帝国吃了很多苦。

从小父亲就告诉她："你不是普通人，生来就担负帝国的伟大使命。"这是她人生的意义。

她对于自己的日本血统感到骄傲，并且认为，只有日本才是中国未来的主人。

渡边还找人对女儿悄悄进行了系统的间谍训练，格斗、枪法、爆破、发报、破译等，以及怎样勾引各色男人。

她上高中后，按照父亲的计划，先是打入了军统，军统又让她在学校往中共渗透，走进了中共外围学生组织，只不过在刺杀马森事件前她还没成为核心成员。

马森被捕后就地一个打滚，完成了人生蜕变，策划引蛇出洞计划的主角就是伍冰，通过舞厅刺杀自己把她塑造成中共形象，没想到居然把杨怀义引出来了。

"惠子小姐，我听涩谷汇报了，你干得不错。我目睹了杨怀义对你的喜欢和钟情，真是佩服。"

"大佐谬赞。我不过是用心演好帝国需要我扮演的角色罢了。"

"你想报告什么？是拿到确凿的证据了吗？"

"没有,杨怀义太狡猾了,我至今无法判断他是真的出于对我的喜欢,想要怜香惜玉,还是要通过我向中共传递情报,所以才想当面向您讨教的。"

伍冰把舞厅里杨怀义怎么救她,怎么约会追求她,怎么请她去白蔷薇吃栗子蛋糕告诉她接头的共党已经被打死了,怎么喝醉了让她偷拍等等这些细节都告诉了佐藤,因为听说佐藤最了解杨怀义。

佐藤苦笑,其实他和伍冰一样也无法判断。这些做派确实是杨怀义的做派,是真实的不是假装的,但是这么多事情叠加在一起就确实值得怀疑,而且他又讳莫如深地告诉自己伍冰对他有用,似乎又是知道了伍冰的中共身份想利用她或策反她。

伍冰见佐藤陷入思考又继续说:"最近更发生了一件匪夷所思的事,他带我去苏州出差,先有两个自称76号的人来绑架逮捕我,说我是中共,后来又有第二拨人救我送我回宾馆,连杨怀义好像也蒙住了。"

"哦?"佐藤眉头紧锁,这难道是杨怀义的苦肉计,想栽赃给76号,但是也没见他以这件事做文章呀。

"他还有意无意把海军的偷袭计划也泄露给我,不知道是不是为了在我面前显摆和海军关系好?"

佐藤听了,眉头锁得更紧了。看来他这个看起来没心没肺的兄弟心思很深嘛,但是,他不是从来就这样吗,这个人的特点就是无论他做什么都让人觉得是合理的,都解释得通。可是，出于职业间谍的直觉，他认为杨怀义有问题。

佐藤感到了恐惧。杨怀义的触角已经深入到皇军的最高层，而且树大根深，他根本猜不到杨怀义会在哪个环节，哪个人身上，窥破帝国的全部秘密。

他有必要敲打一下杨怀义了。

周末，佐藤邀请杨怀义和徐子莹来家吟诗作赋、风花雪月。

佐藤的欧式公馆过去是一名大资本家的豪宅，因其偷偷给国民党捐飞机被发现了，仓皇逃到美国，留在上海的各种资产尽数被日本人收缴。上海的日军官员大多坐的车比天皇的丰田还好，就是来自这些有抗日嫌疑的大资本家。

桌上摆满了珍稀的日本料理以及各种日本清酒，佐藤、杨怀义、徐子莹三人吟诗接力，谁输谁喝。

佐藤先开一句特简单的"床前明月光"，杨怀义接"疑是地上霜"，徐子莹又接"举头望明月"，佐藤收尾"低头思故乡"。

三人不分胜负，只好碰杯，一饮而尽。

"干杯！喝，喝！"佐藤说完，眼眶潮湿了，是真的想起了自己的家乡。

佐藤一边斟酒，一边又起一首《赠汪伦》，"李白乘舟将欲行"。杨怀义和徐子莹都明白了，诗不是乱选的，先是思故乡，这次是讲友情。他俩配合佐藤完成了后面三句：忽闻岸上踏歌声。桃花潭水深千尺，不及汪伦送我情。

三人再次碰杯，一饮而尽："干杯！喝，喝！"

佐藤似乎脸更红了，醉更深了，这次竟提高声音，大声吟出："国破山河在，城春草木深。"

杨怀义和徐子莹都惊讶地看了他一眼，这是他们三人微妙关系中最不该提起的诗句。

杨怀义马上接了上去："感时花溅泪，恨别鸟惊心。"

徐子莹也赶紧接上："烽火连三月，家书抵万金。"

"白头……白头……"佐藤哽住了，尴尬地抓着头。

杨怀义和徐子莹马上起哄："罚酒，罚酒！"

两人一人灌了佐藤一杯酒，灌得很急，洒了不少在佐藤衣服上，后者憨厚地嘿嘿笑着，拿着酒杯反灌他们，三人像孩子一样打闹起来，徐子莹围着桌子追着佐藤，发出银铃般的笑声。

佐藤指着怀义："你来接！"

杨怀义也接不上，佐藤跟徐子莹使个眼色，两人又一起上去灌杨怀义的酒。

最后徐子莹摇头晃脑地接续了最后两句："白头搔更短，浑欲不胜簪。"

佐藤马上鼓掌，一副陶醉的神情："子莹小姐，不愧是才女！佩服，佩服！在上海虽然远离故土，但有你们俩……真幸福，我们要做永远的兄弟姐妹……"说罢举起杯子先一饮而尽。

"好啊！"三人在子莹的声音中再次干杯。

放下酒杯，佐藤拍拍胸脯说："国破山河在，国破不怕，有我这个大哥在。你们俩都要我放何家骥，我放！因为他是你们的亲人！"

"谢谢大哥！"徐子莹马上鼓掌，眼泪唰地流下来，看看杨怀义，又看看佐藤。

杨怀义也紧紧地拉着佐藤的手："感谢勇信君！"

三人又干杯，佐藤提议："看外面的月色多好，不如我们以月光为盟，来个桃园三结义？"

徐子莹欢呼："好，好，月光三结义！"

杨怀义却没有说话，似笑非笑看着佐藤，其实他知道佐藤今天的戏有些过。

三人端着酒杯，来到院子里。

佐藤感叹："我喜欢唐诗，喜欢中国文化，喜欢中国山水。从小父亲就要求我学中国文化、交中国朋友，要帮助中国实现共荣，还要帮助整个大东亚共荣。"

佐藤首先对着月亮跪下，怀义和子莹跪在两边。

"月光做证，我，佐藤勇信……"

"我，杨怀义……"

"我，徐子莹……"

佐藤对着月亮朗声道:"做永远的兄弟姐妹!永远效忠天皇!"

杨徐二人赶紧复述了一遍。三人把手叠在一起,然后又把酒一饮而尽。

佐藤突然大声说:"怀义,子莹,有一天你们会背叛我吗?会背叛天皇吗?"

"什么意思?"杨怀义的表情转为惯常的玩世不恭,"这就是把我们当兄弟姐妹?"

佐藤笑笑:"我是说,无论这场战争怎样,愿我们的心都在一起!"

徐子莹连忙接过话说:"二哥,我理解大哥的意思是,国破山河在,亲情最可贵,我们是兄弟姐妹,没有背叛,只有包容,是吗?"

佐藤鼓起掌来:"知我者,子莹小妹也!在这烽火岁月,真情可贵!我是大哥,怀义为我挡过枪,我要护他周全。"

佐藤说完,意味深长地看着杨怀义。

杨怀义赶紧回:"多谢大哥,你也为我插过刀。怀义知道什么该做,什么不该做,大哥放心,如有背叛,你一枪毙了我。"

佐藤哈哈大笑,提高声音:"释放何家骥算什么,李默算什么,损失点东西算什么,只要你们跟我一条心!那个李默,仗着有汪精卫撑腰,居然敢跟皇军阳奉阴违,不一条心，皇军迟早——"佐藤突然走到旁边放着枪的桌子，拿起枪对着一只鸟射击。

砰——枪响子到，一只鸟掉下来。

杨怀义心里震了一下，这一枪也是打在了他的心上。

"子莹来，久宫亲王说你枪法好！"佐藤说。

子莹举枪，树上的一个梨子掉下来。

佐藤看着杨怀义，杨怀义同样对着树上的梨子开了一枪，梨子却没有掉下来，佐藤指着杨怀义哈哈大笑："还不如子莹妹妹！"

杨怀义尴尬地补上第二枪，梨子落地了。

佐藤突然把杨怀义和子莹抱在一起："大哥希望你们成为一家人！在这乱世，有一个爱情的避风港不好吗？大哥给你们筹备婚礼，给你们当证婚人怎么样？"

"谢谢大哥！"徐子莹眼睛中闪耀着羞涩与爱意。

杨怀义答应也不是，不答应也不是。今夜的所有，不过是佐藤和徐子莹联手的演出罢了，佐藤已经高度怀疑他，现在更是要给他塞个枕边人。

24

近在眼前

《中华周报》的小会议室里,七位中高层正在开会,徐子莹和苏露也在场。

"请大家各自去落实下一周的选题吧,尤其要落实整改子莹小姐给我们指出的问题。散会!"

社长说完后,众人陆续走出会议室,苏露却叫住了徐子莹:"子莹小姐,我马上把稿子送你办公室审查。"

"好的,你来吧。"

苏露拿着一摞稿子,进了徐子莹办公室,把门虚掩上,走到她面前,把稿子摊在桌上,用手指着稿子中夹着的一页纸,说:"子莹小姐,您看看。"

徐子莹盯着那张纸,上面写着——我已暴露,外面有监视,不能逗留太长。

徐子莹看完,瞪大眼睛看着苏露。两个人马上眼手并用,检查屋内的窃听器。徐子莹一边摸桌子下面,一边说:"好的,您坐坐,我马上看。"

两人没检查到任何东西。

苏露开始压低声音说话了:"没有窃听器,应该还没怀疑到你。我下面说的每一句都很重要,你一定要记住。组织要我昨天去跟代号'孤光'的同志接头,遭到埋伏,好在'孤光'同志经验丰富,及时识破及时撤离。我回去发报,发现我的发报机有被动过的痕迹,所以我应该是早就暴露了,我怀疑伍冰可能有问题,不是日特就是军统,我会亲自甄别她。你要尽快启用你的代号和备用电台联系老家,报告我接头失败,已经暴露,请求下一步指示,并告组织,苏露已做好牺牲准备,可能无法按计划撤离了。"

徐子莹听完已经泪眼蒙眬,她激动地摇头:"不,不,我一定要送你出城!"

原来,徐子莹就是何思齐,当年在车祸中死去的是与她长相一模一样的堂姐徐子莹,而不是刚好有事外出的她。

在车祸之前,中共已经派人跟她接上了头,要她在美国保持低调,不要表明政治立场,以免被人盯上,还要她潜心等待组织的召唤。

堂姐去世后,何思齐在巨大的悲伤中突然想到,自己可以以堂姐的身份去往日本,投奔子莹舅舅徐永良,那时徐永良是颇受日本皇族器重的桥梁专家,而且娶了个日本贵族的妻子。组织上觉得她这个想法很好,而且能抹去何思齐在国内亲共的记录。

这些年，何思齐按照党的安排，以舅舅舅妈的人脉和自己任职的东京大学为基石，慢慢成为了小有名气的青年学者和作家，被选为大东亚共荣形象大使，并结交了大批日本军政界的大佬，如久宫亲王夫妇。

今年年初，何思齐的入党介绍人苏露来东京大学参加大东亚文学大会，召唤她回国，深入日汪高层，获取第一线的情报。

于是子莹向久宫亲王申请回中国效力，正好日军也需要更准确地了解中国的现状以便制定新的对华政策，所以她回国也肩负着久宫亲王给她的使命。

在徐家招待杨怀义的晚宴上听到马森要捣毁中共据点的消息，她心急如焚，但是她的单线联系人苏露外出采风，没能把情报送出去。

而清乡首战的情报，她也在中国派遣军总司令部了解到了，早已在伍冰之前就交给苏露发回了根据地，只是她没有弄到完整的作战计划。最近听说杨怀义在策划一个往共区的潜伏计划，于是她想尽办法靠近他……

猝然面对最亲近的人提到牺牲的准备，徐子莹一下子接受不了。

"我不让你牺牲！我有特别通行证，我有办法！"

苏露按住她，面色变得从未有过的严肃："服从命令，听我安排，何思齐同志！你潜伏到今天多么不容易，现在正是你发挥重要作用的时候，你的工作得到了南方局得到了党中央的表扬，你现在一定不能为了救我而暴露自己。我早跟你说过，你的生命不属于你自己，属于中国人民！"

徐子莹擦了眼泪，低声问："接头是昨天上午吗？您看到'孤光'了吗？他是男的还是女的？"

"是的，昨天上午10点，只听到声音，看到一个背影，是个男的。"

"会不会是杨怀义？他昨天上午对外称病在家，却利用密道悄悄出去，又悄悄回来，佐藤还来家里堵他，应该是引起了怀疑。"

苏露突然提高声音："您看这句话没问题吧？"

徐子莹说："嗯嗯，还好。"

苏露又压低声音："他接近伍冰究竟是在寻找组织，还是像你之前分析的是在利用伍冰抓共党？他是重庆方面的人，还是真正的汉奸？目前都无法确定。"

徐子莹又提高声音说："可以。这一段要调一下。"

"我知道，你对杨怀义有感情，但感情最容易蒙蔽真相，给革命事业带来致命损失。他能混到如今的局面，绝不是个简单的人，我们不能妄加揣测，不能去试探杨怀义，要严格按照接头方式联系'孤光'同志。敌人比我们想象的更隐秘更狡猾。他们现在没抓我，是在放长线钓大鱼。你赶快启动电台联系组织，并千万保护好自己。"

徐子莹到底是久经考验的战士，虽然心里波涛汹涌，但也噙着泪接受了任务。

徐子莹回到家，远远看到杨怀义，心中更是五味杂陈。她多么希望四哥不是汉奸，甚至不是军统，而跟自己一样信仰共产主义，那该多完美啊。但经过理智地分析，除了时间上的推测，还没其他证据表明他是"孤光"。他从小就诡计多端，神龙见首不见尾。他现在干的多是见不得光的事，也结交了很多见不得光的人，指不定哪天又跟哪个大官有什么罪恶勾当！他怎么可能是中共呢，他一向那么反共，还利用自己抓中共。

如此一想，徐子莹更加佩服苏露的谨慎。

想到苏露在做牺牲的准备，徐子莹心如刀绞。苏露在她心中不仅是导师、是上级、是同志，说是亲人也不为过。亲人即将牺牲，她竟然还在写歌颂清乡成果、赞美特别行动队剿共力度的文章。

徐子莹一激动，把写了几百字的稿子揉成一团，气呼呼地扔到了废纸篓里。她趴在写字台上，脸埋进臂弯中。

杨怀义却在外面笃笃敲起了门："我可以进来吗？"

徐子莹赶紧擦掉泪痕，起身去开门。

杨怀义痞笑着站在门口，说："辛苦啊，皇军的笔部队，又在挑灯夜战……"

徐子莹没理他，而是看着他手中的文件。

"这是中宣部请我们研究院提供的重庆和延安搞文化

运动的一些情报，你的这份让我直接给你。"杨怀义把一沓文件放在桌上就走了出去。

这正是徐子莹想要的精神食粮，天天写着为日军和汪政府歌功颂德的文章，真是厌恶自己，好想有来自延安和重庆的全民族抗战的精神文化，哪怕只是一点微光，都可以照亮黑暗中的自己。

一目十行地一浏览，徐子莹的眼泪又流了下来……

她看到了她和苏露都崇拜的那些文化名流，夏衍、郭沫若、老舍、巴金、冰心、田汉、阳翰笙……

看到了中共南方局领导文艺界成立了各类抗敌协会，如中华全国文艺界抗敌协会，还有戏剧界、电影界、歌咏、漫画抗敌协会等，如火如荼开展着各种抗日救亡活动，出版各类读物。

"雾季戏剧公演运动"从1941年诞生起就轰轰烈烈，把中国话剧运动推向了高潮，郭沫若的《屈原》《棠棣之华》，夏衍的《法西斯细菌》，于伶的《长夜行》，曹禺的《家》，吴祖光的《风雪夜归人》经久不衰……

延安那片热土，更是有成千上万的爱国青年、文学艺术家奔赴而来，诞生了一个抗日烽火中的革命文艺摇篮——鲁迅艺术文学院，茅盾、丁玲、冼星海、艾青等都在此任教，《黄河大合唱》响彻北中国。毛泽东《在延安文艺座谈会上的讲话》发表后，更是掀起了轰轰烈烈的文艺抗战活动……

徐子莹越看越激动，眼泪竟掉落在纸上，这才是她想要的生活，也是苏露的梦想。

"不行，我必须要帮苏露去延安，去她心中的圣地，和那一群人，写沸腾的文字，唱热血的歌谣。"

一念至此，徐子莹拿出纸笔，疯狂地用速记文字写着营救苏露的计划。写完一个觉得不行，就用火烧掉，再写，再烧。到了后来，仍没找到完美无缺的计划，她只好把所有的灰烬冲进了马桶。

第二天，徐子莹坐不住了，跑去报社，偷偷把营救想法告诉苏露。

"不许找我，太冒险了！有事我会主动联系你。"苏露非常严肃地批评她，马上把她赶出了办公室。

摩登的百乐门，被称为"太平洋此岸最美丽的夜总会"，灯光柔和，内饰豪华，一楼的柚木"弹簧地板"与二楼的玻璃"水晶地板"都深受客人喜欢，说这里是通往百种快乐的门。

杨怀义正和一桌人喝着酒，远处有个青年男子盯着他。

杨怀义的眼睛不时瞟向钢琴区，他想起刘然走前给他的交代："如果第二次接头失败，你就连续晚上去百乐门守着，有人点歌《蓝色多瑙河》，那就是接头人，然后可以跟其对暗号……"

杨怀义看看手表,已经是晚上9点,他刚有点失望,又眼睛一亮,看到伍冰出现了。后者也在找人,眼睛四处看。突然,伍冰慢慢靠近钢琴了,杨怀义的心提到了嗓子眼,难道,伍冰就是自己的单线联系人?

不料伍冰并没点曲子,却看到了他。杨怀义向她招手。

伍冰朝杨怀义走了过来,后者的神色松弛下来,端起酒杯,把她拉到一个无人的桌上。

杨怀义笑着看她:"你来找我?两天不见就想我了?"

伍冰有点害羞,娇嗔说是。

杨怀义凑近她的脸,做了个暧昧的表情:"发现越来越喜欢我了,是不是?"

伍冰更不好意思了,干脆夺过杨怀义手中的酒杯,一饮而尽,像鼓足勇气般,我见犹怜做吞吞吐吐状:"可以帮我一个忙吗?但不要问原因……"

"快说吧,宝贝,我怎么可能拒绝你呢?"

"你可以拒绝,但不要问我原因。"伍冰撒娇道。

"好,我不问。"

伍冰想了想,说:"我想要一个二极管。"

杨怀义瞪大眼睛:"什么?"

伍冰压低声音,一字一字,又清楚说了一遍:"二、极、管。"

杨怀义知道,这是发报机的重要元件,伍冰直接向他要，等于向他承认了自己是中共地下组织成员。

"你……"

伍冰继续用撒娇打断他："你答应不问我的！"

杨怀义看她好半天，用手抬起她的脸，说："这么漂亮的脸蛋，我怎么舍得？那个东西可能让你毙命，我不能给你。"

伍冰委屈得快哭了："你如果舍不得我死，就请给我吧。你不给我，我会去其他地方找，更容易毙命。请给我吧。"

杨怀义看着她的眼睛，好像又看到了思齐，执着、坚毅、热诚、一往无前、无所顾虑。他突然想到，会不会她的上级就是自己的接头人，会不会急需向组织汇报接头的情况而电台突然坏了？

不，这是一种先入为主的逻辑，是设定伍冰就是中共！但是，作为一名特工，作为一名处境危险的卧底，这是大忌，是他的主观臆断，这是非常危险的。杨怀义极力把自己拉回来，伍冰也可能是日特。

伍冰拉起杨怀义的手，哀求道："我会小心的！"

杨怀义像下了很大决心似的，说："我可以给你，但我要见你们领导。"

杨怀义想这样不是正好可以探到伍冰的底吗？她背后的人是谁，会不会、敢不敢来见他？如果来了，他一定可以从来人身上得到更多的信息。

25

告别

日军通过杨怀义与重庆方面的秘密谈判达成了第一项合作——交换俘虏。交换名单里面有渡边,有何家骥,还附带杨怀义的儿子杨国栋。

佐藤特许,杨怀义可以在家里为何家骥饯行。兄妹三人喝了好多酒,说了好多话,回忆了好多过去,当说到未来的时候,大家沉默了……

他们哪里有未来。此去一别,此生还能相见吗?但大家都回避这个话题。

其实,杨怀义和徐子莹都恨不得随何家骥回重庆,回那个安稳的后方,自己的家园,但是他们都不能表现出来。

终于,何家骥忍不住了,这些话不说不行,一定要劝他俩认清形势,做出明智的选择:"日本人气数已尽。你们要早为自己打算。我们永远是一家人,你们任何时候回来，何杨两家都会接纳你们，老蒋肯定也会原谅你们……"

杨怀义和徐子莹互相望着对方，尴尬地笑笑。

"尤其是子莹，你要记住你是中国人！日本人不可能跟我们大东亚共荣。"何家骥盯着徐子莹，真希望亲情可以让她迷途知返，而对于杨怀义的真实身份，他已经猜得八九不离十了。

看着对面不能相认的亲哥哥，子莹的眼睛潮湿了，她真想告诉他，自己是思齐，自己没有死，隐姓埋名是为了抗日救国……但她什么都不能说，而且不能暴露自己的感情，除了那份亲情。

何家骥和杨怀义都看着徐子莹，解读着她眼里的隐隐泪光……不管怎么样，亲情可贵。

情况瞬息万变，出发因故提前了一天，徐子莹恰好去了报社开会。

杨怀义抱着国栋站在轿车旁，旁边是何家骥和另外两个护送的男子。

"爸爸就不送你了，叔叔会照顾你回重庆。回重庆后听外公外婆、爷爷奶奶的话。"

"好……爸爸。我想去报社跟子莹老师告别。"

"来不及了。爸爸会跟子莹老师转达。"

杨怀义放下孩子，护着他坐进车里。

国栋突然伸头出来："爸爸，告诉你一个秘密，子莹老师喜欢你，我想她当我妈妈！"

杨怀义和何家骥对视了一眼，国栋却已经打开小书包，从里面拿出一个本子，撕下一页纸递给车外的杨怀义："爸爸，帮我送给子莹老师。"

杨怀义一看，孩子画的是他们三人的全家福。

徐子莹回来后，听说国栋走了，眼睛一下红了："你还是应该让我跟国栋做一个告别。"

杨怀义淡淡地说："不告别也罢，反正也不会再见。"

"因为不会再见，所以更想好好地告别。有些美好的瞬间会永远定格在心中。"

"感谢徐小姐对犬子的陪伴和教导，难为徐小姐有家不回，寄人篱下这么久。现在国栋走了，徐小姐也可以安心回家了。什么时候走，我送你回去。"杨怀义毫无所动，冷冷地说。

"要撵我走了吗？"徐子莹愤愤地看着杨怀义。

杨怀义躲开了她那双跟思齐一样的眼睛："我们这样住着，实在不方便。免得佐藤君硬要撮合我们。"

"我不走，我说过想替思齐活在你身边。"徐子莹心里却在说，四哥，你是我们的同志吗？我要陪在你身边，我要保护你。

"我不想。"杨怀义毫不拖泥带水，他可不想继续被佐藤捏在手里，扔下一句"我明天去南京开会，希望回来时你已经离开了。"便转身走了。

一场会议刚刚结束，南京政府会议室外的走廊里，三三两两走出会场的人凑在一起耳语。三个熟人嘻嘻哈哈地挤兑着杨怀义。

"听说你和子莹小姐已经同居了，老弟真是艳福不浅啊！"

杨怀义笑笑："谣传！徐小姐只是犬子的家庭教师。"

一个说："别不承认，听说佐藤先生要给你们操办婚礼呢！"

杨怀义无可奈何地笑笑，不置可否。

又一人神秘兮兮地说："你们有听说最近东京大本营频繁派人来南京吗？"

大家都看着杨怀义："你知道是怎么回事吗？"

杨怀义说："我也不清楚。反正自从皇军密电被重庆破译，山本五十六被炸死之后，皇军的重大事情都不发报了。"

再一人说："你们说是不是与蒋介石和谈的事相关？现在帝国不是在大力推进与重庆的和谈吗？怀义应该对个中细节最清楚吧。中间的联系人不是你吗？"

大家的目光又都聚焦到杨怀义身上。

杨怀义看了他们三人一眼，顿了顿，说："我确实还不清楚是不是与重庆和谈相关。"

第一个发言那人悄悄地说："如果日本人要抛弃汪先生的话，你可得向重庆方面替我们哥几个说说话。"

杨怀义道："好像我是重庆的人一样！"

一人说："不是这个意思，是说你和日本人关系好，到哪边都吃得开！"

另一人说："对，有什么大事提前给我们透透风。毕竟这几年大家都合作得很好。"

"不用担心，日本与重庆的和谈，绕不开汪先生和南京政府。重庆政府其实很难和日方达成真正的合作，因为中共盯着重庆，罗斯福和丘吉尔也盯着蒋介石。"杨怀义说道。

晚上聚完餐，回到宾馆大堂，杨怀义和几个人刚走进来，坐在沙发上的徐子莹就起身叫住了他。

身边的几个人都笑了："还否认？！如胶似漆呀，分开一天都不行！嘻嘻！"

旁边的人散去后，杨怀义虎着脸问："你怎么来了？"

徐子莹含情脉脉地说："想你呀！不是说如胶似漆吗，分开一天都不行！"

杨怀义鼻子里冷笑一声："哼……"

话虽如此，他却很有默契地跟着徐子莹进了她的房间，一个豪华套房。

徐子莹看着杨怀义，揶揄道："今天去了派遣军总司令部采访，也见了汪夫人，发现你可真是大红人啊，被日蒋汪都奉为上宾。"

杨怀义也盯着她:"我有自知之明,不过就是一颗棋子。哪里比得上徐小姐,跟日本人是真正的一家人!"

徐子莹更进一步站到杨怀义面前,脸都快贴上了,话中有话地说:"一家人有什么用,它战败了我跟着沉没。不如跟着怀义哥哥,进退有据,进退自如……"

杨怀义有点意外地打量她,明白她在试探自己是不是军统或者中共。

"哦?可惜徐小姐抱错了大腿,我这个亲日反共汉奸,重庆延安都不会放过我。"他凑到子莹耳边,"你应该去抱美国人。"

徐子莹一惊:"什么意思?"

"没什么意思,那是你的第二故乡。听说,日本的亲美派也很多。"

徐子莹听懂了,他暗示她是否暗中与美方合作。

徐子莹不露声色,的确,现在的日本政坛高层,甚至皇族中,已然出现了一些先知先觉悄悄亲美的人,为自己谋退路。

子莹和杨怀义彼此打量着对方,一时无声胜有声。

回上海后,杨怀义继续去百乐门喝酒,一边等着人点《蓝色多瑙河》,一边等着伍冰,他约了她晚上来这里见面。

酒过三巡,伍冰来了,四下一打量,径直来到杨怀义身边。

杨怀义给她看了看包包里的二极管:"你看,我做到了。亲爱的,你呢?你的上级何时见我?"

"上级说要请示汇报,再等等吧。"

"唉——我真不想给你,宝贝。你快去日本留学吧,我送你去,不需要政府公派。"杨怀义递给伍冰一杯西瓜汁。

伍冰用吸管吸了一小口,吞吞吐吐地说:"……其实,我想去延安,不是去日本留学。"

"你不要命了!"杨怀义瞪大了眼睛看着她,又警觉地看看四周,然后霸道又亲昵地搂着她的肩膀,在她耳边低语,"我要马上送你去日本,我要你做我的女人,你所有的理想和信仰都只能是我!你可以在那里学习插花、茶道,学习琴棋书画……总之,学习一个名媛应该学的东西。你在日本好好等着我凯旋,给我生一堆孩子。"

看着杨怀义那么深情而陶醉地展望未来,伍冰疑惑了……他到底是什么人?

伍冰灵机一动,想用最原始的方式检验一下他刚才说的是不是真话。她凑过去,在半明半暗的光影中,在浪漫柔情的音乐里,主动而深情地吻上他的唇。

杨怀义愣了一下,也回应着,而且越来越猛烈。因为他看到不远处,一双偷偷看着他们的眼睛流泪了,那是徐子莹的眼睛。

徐子莹赶紧偷偷抹掉眼泪，环顾了一下左右，幸好没人注意到她的失态。

她转过头去，不敢直视还在缱绻收尾的杨怀义和伍冰。

这些年来，何思齐从没停止过对杨怀义的思念，那份情缘早已深入骨髓。当她怀疑他是汉奸的时候，是恨铁不成钢的爱恨交织。当她怀疑他是军统的时候，是松了一口气的庆幸。但当她觉得他可能是"孤光"时，爱情控制不住了，排山倒海卷土重来。当然，特工有特工的素养，她不会把猜测立刻当成事实。

可她会在夜深人静时，忍不住幻想他们重新在一起、并肩抗日的各种幸福画面，而此刻这一瞬间，一切都被他们俩的深情一吻击破了。

"这么多年了，即便四哥真是我们的同志，也不等于他心里还是只有我。"一念至此，徐子莹黯然离开了。

26

替我去延安

孙凯正在震旦大学的办公室伏案备课,伍冰兴冲冲地进来了。

"老师,您找我?"

孙凯故意当着其他老师的面,声音很大地说:"报社对你那篇文章大加赞赏,让你明天下午过去,有编辑老师亲自指导你修改。"

随后孙凯转为轻声:"领导同意见杨怀义,苏露副总编要先见你,听你单独汇报。"

伍冰眼睛大放光芒,这个苏露终于现身了。

她万万没想到,这是苏露给她挖的坑。见杨怀义与伍冰进入热恋阶段,苏露和徐子莹心急如焚,如果杨怀义真的是"孤光",后果就太严重了。

自从老钱来家后,苏露已经意识到自己被跟踪了,可能暴露了。更何况,先前伍冰被徐子莹到研究院提醒身份暴露后，依然无所谓地积极而活跃。为她提供活动舞台的孙凯不可能没暴露，却仍然平安无事，还能接头老钱，老钱还能来接头她，导致她被跟踪被搜家……伍冰这些事情都经不起推敲，只能说明敌人在放长线，钓大鱼。

苏露主动找了老钱，并让他告诉孙凯这一切，让他们先稳住伍冰，通知伍冰来见自己，因为伍冰真的希望上级能同意见杨怀义。

伍冰来到苏露办公室，苏露示意她坐下，在纸上写着："你的工作很出色，但你已经暴露了，我也暴露了，我们只能这样交流。"

伍冰紧张而惊讶地看着她。

苏露写"不要紧张，我安排了撤离"，嘴里却说："你这篇文章整体非常不错，你是个可塑之才，我们报社想发展你为通讯员。"

伍冰写"什么时候撤离？去哪里？"，嘴里说："谢谢总编肯定，还请总编多指导。"

苏露写"马上，还要送出清乡计划"，又说："好，你平常也要多读报刊杂志，尤其要学习社论文章。"

伍冰写"那不跟杨怀义见面了吗？或者，我先去通知他"，却说："好的，我一定多学习。"

苏露写"不用了，他肯定是在放长线钓大鱼"，又道："这是我给你做的一些修改，你先认真看一下。"

伍冰说："好的。"

苏露一边烧写了字的纸,一边观察伍冰,后者神情颇有些焦虑。

突然,窗外迅速驰来一辆轿车,刹车声音急促刺耳,徐子莹从驾驶座走了出来。

苏露脸上露出笑容,在伍冰耳边低语,并取出包里的枪,上了膛。伍冰带着一副猝不及防的表情,还没反应过来,就被苏露拉走了。

苏露和伍冰出了门,见徐子莹也迎面过来,惊讶地盯着伍冰。

苏露笑着说:"子莹小姐好,你的车好漂亮,带我们参观参观吧!"

徐子莹没好气地指着伍冰:"她怎么在这里?"

苏露说:"哦,给你们互相介绍一下。"

徐子莹轻蔑地转身走了:"不用了。"

苏露说:"伍冰是报社新选拔的通讯员。"

徐子莹打开车门,苏露钻进前排右座,示意伍冰赶紧坐在后排。

苏露啧啧赞叹,东摸摸西瞧瞧。

徐子莹刚坐上驾驶座,苏露突然掏出枪对着她:"子莹小姐,得罪了,请送我们出城。你放心,我们不会伤害你。"

徐子莹惊讶地张大嘴,身体往后退了一下。苏露把枪抵着徐子莹的脑袋,替徐子莹拉上车门:"快开,有人来了!"

监视苏露的特务从门口扑了过来。

徐子莹惊恐地发动车,特务见势不对,掏出枪冲上来,车却已经开走了。

特务开枪射击轮胎,没打中,只能跑进去打电话:"不好,徐小姐被苏露挟持了!苏露要逃跑——车牌……"

"还有其他人吗?"马森问,他知道今天伍冰要去报社见苏露。

"还有一个女生模样的人。"

苏露一直用枪对着徐子莹:"前面右转,开快点!你不是有日本人发的特别通行证吗,开出城我们就下车。"

徐子莹惊恐地连连回答:"是,是……苏姐别伤害我!"

伍冰在后面看着苏露,想着对策。

涩谷办公室电话铃响起,他一接电话,被这意外惊得脸色大变。

"什么,马上追。马上通知设卡!对了,千万不能伤了子莹小姐和伍冰,苏露也要活的!"

电话那头的马森一连声的"是,是"!

徐子莹驾驶的车子飞驶在街道上,苏露的枪依然指着徐子莹,伍冰在后面死死看着她俩,三个人都神情严肃、紧张。

因为徐子莹为苏露的撤退和出城做了很多功课,她以最快的速度走捷径直逼出城的检查站。

那里,正有人在摆放障碍桩。

苏露喊:"快,快冲过去!"

徐子莹一踩油门,全速朝路障冲过去。有卫兵举枪刚要瞄准,另一个卫兵叫着:"上面通知不要开枪,都要活的!"

车子撞飞路障驶过,子弹射向轮胎,但有惊无险。

其实这一路,伍冰一直在纠结,自己到底暴露没有,如果没有暴露,这是多好的去根据地卧底的机会,但是,看着车子越来越驶向前面的郊区,伍冰决定不能让苏露给跑了,一是不能让她把情报送出去,二是要用她引出杨怀义。

她瞅准机会,突然起身,一把夺过苏露手中的枪,并给了她一拳,转而用枪对着苏露说:"子莹小姐,马上把车开回去,我是日本人,她才是中共,听我的。"

徐子莹转身惊讶地看着伍冰:"你说什么?"

她似乎没听清楚,车子并没有掉头,还在往前开。

伍冰怒吼起来:"我叫你开回去,不能让她跑了!"

苏露趁机来夺枪,伍冰立刻朝苏露右手开了一枪。流着血的苏露继续夺枪。

徐子莹毫不迟疑从包里拿出枪,直接给了伍冰的头一枪。

伍冰瞪大眼睛,难以置信地望着子莹:"你……"

话还没完,她一偏头死了。

"她真是日本特务,好险!"徐子莹喘着粗气,又看了看苏露流血的手臂,"你的手要不要包扎?"

"不用管我……果不其然,她竟然还是日本人!希望老钱同志能平安撤离……"苏露流血过多,声音有些无力了。

"老师,你这个办法真好,一箭双雕!我们是不是脱险了?"子莹脸上洋溢着成功的喜悦和激动,她们已经出城了。

苏露也很欣慰,但一看后视镜,马上脸僵硬了。原来追兵到了,一共三个车。

"子莹,对不起,我不能再陪你走下去了,你看后面。"

徐子莹看看后视镜,惊呼:"老师,你快挟持我!他们不会伤害我的……"

"走不了了!你听我说,等他们追上来了,你就对我开枪。不能把我留给日本人,我身上有太多机密。"

徐子莹哭了起来:"我做不到……我们跟他们拼了,我还有一颗手雷,顶多一起死,把涩谷和马森除掉。"

苏露用尽力气,厉声喝道:"何思齐同志!死很容易,活着才难。我们的生命不是自己的,党需要你活下去,你和'孤光'都无可替代。我已经努力了,你替我回家,到延安,把延安的生活写封信烧给我。"

徐子莹哭着说:"不……"

苏露问:"跟组织联系上了吗?"

"没联系上,我会继续联系。"

"你一定要尽快联系上。"

追兵越来越近,涩谷坐在一个车上喊:"快!再开快点!"他们把身子伸出车窗,朝徐子莹车的轮胎开枪。

"永别了,我相信你知道怎么跟涩谷讲故事。"

话音一落,苏露就用徐子莹的枪对着自己的心脏开枪。

徐子莹一惊,停车号啕大哭,扑到苏露身上:"老师……"

苏露面露微笑,目光中全是对徐子莹和这个世界的无限眷念。

徐子莹替她合上眼睛。

涩谷赶到,看到的是苏露和伍冰的尸体,以及惊恐拿着手枪的徐子莹。

徐子莹对涩谷哭诉:"她们俩挟持我……后来伍冰打伤苏露,要我停车,说自己是日本人,苏露是中共……我还没反应过来,苏露却用我的枪打死伍冰逼我开快点……所以我把苏露打死了……涩谷君,这究竟是怎么回事?"

涩谷苦笑着,一边安慰徐子莹"没事了,没事了",一边扶着徐子莹,上了另外一辆车。

伍冰死了，但仍不能公开她的真实身份。

他们为她设了一个小灵堂，在白菊、黄菊和满天星组成的祭坛中，是伍冰身着和服的照片，牌位上写着：渡边惠子。

涩谷和佐藤依次放上一朵菊花并鞠了一躬。

"惠子多年轻啊，连张穿日本军服的照片都还没来得及拍，我跟你说过不要赔了夫人又折兵。如此优秀的帝国之花就这样殉国了！"佐藤眼睛如两把寒剑逼视涩谷。

"是我没有保护好惠子，等渡边君回来我剖腹谢罪！"涩谷低着头。

"惠子，我们还要继续委屈你。"佐藤对着伍冰照片说完，扭头对涩谷道，"对外宣传，两名中共特工因挟持大东亚共荣形象大使被击毙。"

涩谷"嗨"了一声，低头接令。

杨公馆徐子莹的卧室中飘出重低音的舞曲，子莹正流着泪飞快发报，报告苏露同志牺牲的消息，并请组织做出下一步指示。

此时，杨怀义在百乐门一个人喝着闷酒，红着眼，忍着悲痛……伍冰就这样突然没了，又一个他想保护的女孩，一个可爱的女孩惨死了。他正想着怎么把她送走呢。

三个女人弄出这么大一出戏，而且有徐子莹这个名女人，事情很快就在日汪机构传开了，还有多个版本。杨怀义傍晚在研究院听到的是桃色事件的版本，说徐子莹因为吃醋，设计杀死了伍冰，还栽赃到苏露的头上，太聪明太狠毒。

杨怀义又喝了一杯，更加期盼接头人出现，但再度失望而归。

徐子莹正悲伤地靠在床上，哭过的眼睛还肿着，胸脯时不时抽搐着，一身酒气的杨怀义突然撞开房门闯进来，把她像小鸡一般拎起来，一把掼到地上："没想到拿笔的手也可以轻松举起屠刀，佩服啊！"

徐子莹恨恨地看着他，恨铁不成钢的恨，因难过而生恨的恨。

杨怀义更加愤怒，又把她拎起来甩到墙上，用手按住她的脖子："你杀死了我的女人，我要你给她陪葬！"

"她自己不早说她是日本人！"子莹在杨怀义的手中挣扎着，虽然她的脖子被杨怀义按着出气困难，但还是不服气地回敬。不管杨怀义是不是中共，她必须告诉他伍冰是日本人。

"你说什么？"杨怀义一脸惊讶，随即松开手。

子莹咳嗽两声："我说没想到伍冰是卧底，是日本人！如果伍冰早点说，和我联手，她又怎么会被苏露打死？我打死苏露，也为她和你报了仇。"

杨怀义难以置信地看着她。

"你以为她是什么人?"徐子莹问,注意观察杨怀义的反应。

"跟你一样,佐藤派来监视我的人!不是吗?"杨怀义很快恢复正常,嘴角微微扬起,露出一丝冷笑。

徐子莹心里问:"四哥,你是'孤光'吗?组织什么时候才让我跟'孤光'接头?"

杨怀义很快从思齐般的目光中回过神来,继续发酒疯大骂:"佐藤真他妈是朋友,派这么多人来监视我引诱我!……你、伍冰,你们都是一路货色!"

他骂骂咧咧走向门口,临了又回头,指着徐子莹说:"别得意,我的今天,就是你的明天。中国人再怎么忠心耿耿,还是得不到真正的信任!"

门"砰——"的一声被重重关上。

伍冰竟然是日本特工,这一下撕开了佐藤的遮羞布,杨怀义后背发凉,真没想到自己身边如此虎狼环伺,佐藤竟对自己如此无所不用其极,而且伪装得如此之好。

27

泄密

夜深了,法国梧桐掩映下的一栋洋房内,军统也在祭奠伍冰,他们个个神情肃穆,义愤填膺,其中也有马森。

他们把菊花放在穿着国民党军服的伍冰的遗像前,然后一人洒一杯酒。

有个人烧掉伍冰的档案:"一路走好,我们的抗日女英雄!"

"杀掉徐子莹这个狗汉奸,为伍冰报仇!"有人咬牙切齿地提议。

马上有人附和:"对,这女人天天为日军和汪伪政府歌功颂德,诋毁重庆。虽说重庆叫我们暂停锄奸行动,但共党可以向她讨血债呀!"

"高!我们可以像上次刺杀马森那样,如法炮制,栽赃到共党头上。"

马森也点头,但说要报重庆同意,毕竟她是杨怀义身边的人,而杨怀义是重庆要拉拢和保护的人。

没两天,杨怀义收到一条密电:"王师:大东亚共荣形象大使徐子莹杀害我优秀特工伍冰且其作为日军笔部队成员危害甚大,上海行动队欲刺杀之,你意下如何?乃兄。"

杨怀义一下心惊肉跳,然后紧蹙眉头来回踱步……

首先让他震惊的是伍冰竟然还是军统特务,然后问徐子莹究竟要不要死?

伍冰是不是军统的人,他其实最初也闪过这个念头,还试探过佐藤,但很快还是相信了伍冰是中共,其中固然有敌人太狡猾的原因,但自己确实是因为她像思齐而先入为主了。

杨怀义这才认识到自己太轻敌了,他一直认为自己能看透佐藤,认为和佐藤的较量自己能稳操胜算,自己一定能骗过佐藤,最终自己却是个失败者,而且是完败,如果伍冰没死,后果不堪设想。

那徐子莹呢?一念刚起,与她相见相识、相处相杀的一幕幕立刻浮现在杨怀义眼前,有不舍,有迷惑,有心疼……但是理智告诉他不能纠结,伍冰的教训就在眼前,感情真是特工的大忌,不能因为她长得像思齐又是思齐的姐姐而被感情左右了,自己前面的路会更加艰险,不能再有任何失误了。

所以杨怀义认为这倒是最好的安排,以免有一天跟她拔枪相向时，那张像思齐的脸让他动恻隐之心。也是替牺牲的苏露同志报仇吧，杨怀义下了决心，回复"可以"。

但是他那晚几乎通宵未眠，心里有种说不出的空落落的感觉，他不知道自己怎么了。

重庆，周公馆。

今天来了两名美国客人，一位是老朋友，美国大使馆的戴维斯先生，一位是他带来的美军司令部的联络官莱恩上校，两人是来感谢中共提供的德日"柳输送"情报，美军炸毁了两艘"柳输送"潜艇，起获了大量先进武器，以及最先进的飞机和坦克图纸，还有稀有原料等。

接待他们的八路军驻渝办事处领导兴奋地说："太好了！如果这些东西都到了对方手里，后果不堪设想，敌人有了那些先进武器和准备，世界反法西斯战争将会更加艰难！"

"没想到，德日法西斯陆地联手成为泡影后，竟用潜艇横跨半个地球，在海底偷偷交流情报和物资，进行肮脏的合作。"八办另一位领导接过话。

"是的，这次多亏了你们的情报，经过这次重挫，相信'柳输送'会越来越少，甚至终止。"戴维斯一再表示感谢，并转达美国政府想加强与中共合作的意愿，说已经向国民政府提出，要派军事观察团赴延安。

莱恩上校也道出此行目的，首先感谢了中共南方游击队和新四军为救助美军飞行员提供的帮助,然后表明美国空军也希望与中共南方游击队在情报、救援、军事、后勤保障等方面展开合作。

"好,好,毛主席说中共愿意和一切世界反法西斯国家展开合作!"八办领导马上阐明立场。

"祝世界反法西斯战争早日取得胜利!"双方站起来紧紧握手。

送走客人,两位领导兴奋地讨论延安观察团的事情。

一名电报员来到门口敬礼:"报告首长,新四军根据地来电。"

一位领导拿过电报一看,脸色骤变。

"怎么了?"

"苏露同志牺牲了。"

另一名领导也脸色骤变,一把夺过那页纸,随即眼泪夺眶而出:"捷报传来,伊人却逝……我们要永远记住这些隐秘战线的英雄,我们的每一份情报,都是他们的鲜血和生命换来的。"

领导甲盯着墙上一幅延安的画,声音哽咽,连连摇头:"她本来应该撤离回延安了,她该回延安了,她一直想去延安……她一直战斗在沦陷区,顶着汉奸的骂名,伪装成自己厌恶的样子,在屈辱与孤寂中与敌斗争,孤光自照,却牺牲在撤离前,令人扼腕痛惜啊……"

领导乙沉思了一下:"现在一定要保护好'孤光'同

志和其他隐秘战线的同志，革命不是为了牺牲，他们更应该看到胜利的那一天，请根据地让在汪伪卧底的部队提前起义吧！"

德国上海领事馆的走廊里，身着军服的佐藤和德国总领事并肩急匆匆走着，边走边说。他神情严肃，怒气冲冲，后面跟着双方随从。

佐藤盛气凌人地说："你们德国总出现这种事，不是号称有最厉害的情报组织，最严谨的思维吗，为什么就能出现佐尔格？我们千防万防，却防不住自己兄弟后院起火！"

总领事也不甘示弱，反击道："你们日本人不要太过分了，同意你来一起调查'柳输送'事件，是给你们天大的面子，不是让你到我的地盘教训我们！凭什么推定是德国泄密，我们对于整个事件的了解没你们多。"

佐藤吼："这个调查是我们两国高层决定的，不是谁给谁面子。要是上海又冒出一个佐尔格团伙，看你们怎么跟你们元首交代！"

这个杀手锏倒是让领事内心恐惧。

双方一起走进了一个小房间，坐在讯问桌前，被问话的是领事馆的武官安德鲁。

佐藤杀气腾腾开了口："'柳输送'的情况你都告诉了谁？"

安德鲁倔强地回答:"我没有告诉任何人。"

"好好回忆一下,喝了酒之后呢,你管住舌头没有?多人反映说,你几杯酒下肚后,什么都敢说,尤其是在美女面前。那段时间你经常跟谁在一起?德国人?美国人?英国人?俄国美女?中国美女?"佐藤问道。

安德鲁一听"美女"二字,嬉皮笑脸起来:"你为什么不说日本美女呢?对了,子莹小姐是日本美女、中国美女,还是美国美女?我们经常在一起喝酒,你怎么不去问她?"

佐藤一惊,严肃地问:"你告诉过子莹小姐吗?"

安德鲁怔了一下,虽然只是非常短暂的一愣,但这个表情却没有逃过佐藤的眼睛。

"没有!我保证谁都没说过。我酒后话多,但是我知道什么该说,什么不该说。"安德鲁信誓旦旦。

佐藤明白,他肯定不会承认,这么大事件的泄密,必然要面对最高军法处置。但是他也许已经说漏嘴了,子莹确实跟他们接触甚密,包括和海军,这都是最熟悉"柳输送"情报的部门。

佐藤不由虚起眼睛,在心里又默念了声徐子莹的名字。

回到陆军联络处,佐藤马上动用陆军参谋本部的关系,要潜伏在美国的日谍尽快搜集徐子莹的资料,同时派自己的亲信小泉对她进行秘密调查。

老实说，他可真不愿意子莹有问题，即便真是她泄密，他也希望她是无意无心的，哪怕是被利用，甚至是被收买了，所以他并没有交给涩谷去做而是交给小泉，并说这是为了保护子莹小姐。

但是，出于一个特工的职业习惯，以及对帝国的忠诚，他又必须要把这件事查清楚。如果是子莹泄密，那她泄露给了谁，杨怀义知道吗？如果杨怀义是重庆的人，那他肯定会报告重庆，重庆又会告知美国……佐藤心里几乎已经理清了这个脉络。

没想到让他最焦头烂额的竟然是这两个人！

夜深了，德国领事馆武官安德鲁和一群酒友喝得摇摇晃晃走出啤酒馆，互相挥手告别。

安德鲁刚拉开车门，后脑勺便被人打了一闷棍，两个黑衣人把他塞进他自己的车，绝尘而去。

一桶桶冷水泼在安德鲁头上，他醒了过来，发现自己被脱掉了上衣，绑在受刑架上，周围全是刑具。

小泉面对他狞笑，小泉后面还站着几个人。

"你……你想干什么！你们日本人没资格随便绑我，我要给领事打电话！"武官大声说。

"你得先有命，才能给领事打电话……"小泉对安德鲁说完，命令手下，"先给我蘸着盐水打一顿！"

安德鲁惨叫起来，用蹩脚的中国话大声喊："我抗议！

我抗议"!

"再抗议,就再打,打完再问话。"小泉转过身说。

又是一阵鞭打,安德鲁的身上立刻皮开肉绽,他有气无力地问:"你们究竟要干什么?!"

"你到底有没有把'柳输送'告诉徐子莹?"

"没有,我没有告诉她!"安德鲁低吼。

小泉做了个手势,手下心领神会,马上按动机关启动电动椅的电刑。

强电流穿过全身,安德鲁浑身颤抖,满脸狰狞,口吐白沫。

"何必呢?徐子莹跟你又没有关系,你逞什么英雄?加码!"小泉一声令下。

"我说——我说——告诉过她。"

小泉脸上露出得意的笑。

几天后,参谋本部就回了电,讲述了徐子莹在美国的成长过程。她童年少年都在美国度过,据同学反映,战时中情局(CIA)非常需要海外特工,把这种职业宣传为国家大英雄,很多青年都非常向往。CIA来学校选拔人才时,徐子莹也约着同学凑热闹,去报过名,但后来没选上。

佐藤知道,各国战争期间在大学选拔特情这种事,真被看上的核心人物,对外都会宣布落选。

其后不久,徐子莹便投奔日本的舅舅。在日期间,她广交朋友,俨然一朵上流社会的交际花,以至于最后,她的人脉比自己舅舅和佐藤还广。如果从CIA这种角度来看,她的一切行为,都有了更深层的解释。包括后来的回国,以及回国后的种种行径。

佐藤把自己推理到快吐了。一个杨怀义还没甄别出来,又来一个徐子莹,全是他最亲近的人!又全是知道帝国最多秘密的人!

派遣军司令部那边也有人证实,若杉参谋曾当着徐子莹提到"柳输送"。他快疯了。

28

重逢时刻

徐子莹终于接到了根据地回电:"夜雨:由你与孤光接头,组成AB角搭档,接头方法是……"

子莹躺在床上兴奋得辗转反侧,在心里反复说:"'孤光'是你吗,四哥?也许明天晚上我就要揭开你的面纱了。"

更高兴的是早餐时杨怀义答应晚上陪她去看电影。这部电影叫《卡萨布兰卡》,自己好不容易让它通过审查,是自己前几天就约他看的,他当时说没时间。真是意外的惊喜。

但随之而来的是失望,深重的失望,"孤光"不是晚上去百乐门接头吗?那杨怀义不是"孤光"?……转念一想也不能这么下结论,百乐门的夜生活晚上9点以后才真正开始,电影散场再去也来得及。

电影《卡萨布兰卡》讲述的是一对旧恋人在间谍之城

卡萨布兰卡相遇，双方面对着政治与情感的复杂纠葛。仿佛是他俩关系的某种暗喻。

杨怀义瞟着身边的徐子莹，后者正沉浸地看着屏幕，那酷似何思齐的眼神，让他心软、难过。

屏幕上出现了女主角依莎琳用枪逼前男友里克给通行证的画面，徐子莹突然转头，看着杨怀义："如果你是里克的话，你会帮我离开吗？"

杨怀义看着徐子莹眼里隐约的泪光，沉默不语。

徐子莹淡然一笑，说："我知道，如果是何思齐，你一定会送她离开的，但是对我就不会了。"

杨怀义还是没有回答，眉头紧蹙，失神地看着她，似乎看到了狙击枪的子弹射进她胸膛，她倒在血泊中……

杨怀义在心里说：思齐，对不起，我要杀了你姐姐，但是我想如果你活着，你也会做我这样的选择。

观众席有人窃窃私语，情绪高涨。

"胜利在望……"

"世界反法西斯一定胜利……"

"法西斯一定完蛋……"

杨怀义听到观众的议论，心里一惊，难道她是友军，或是中共？杨怀义疑惑地看着她："这就是你力挺审查通过的片子？你在给谁鼓气？"

"我在给爱情鼓气。在这乱世，明天和死亡不知道哪个先来，如果什么都是短暂的，那不如要爱情，号召大家

'以恋爱为中心',你说呢?"

徐子莹像念台词一样说完,然后斜着头看着杨怀义,说:"你认为我在为谁鼓气?"

杨怀义哼了一声:"在这乱世,我最不需要的就是爱情,爱情是软肋,我只要铠甲。"

徐子莹看着杨怀义,心里默默说:四哥,我不用跟你解释了,答案马上就揭晓了。

电影散场还不到9点,杨怀义和徐子莹随着人流并肩走出来。

眼观六路的杨怀义突然看到了对面适合狙击的位置,以及周边点位的情况。卖瓜子的、卖鲜花的人员都已经到位了,而子莹还沉浸在电影中,有说有笑,丝毫没有意识到死亡的降临。

对面的狙击枪对着徐子莹找点位,不时有人挡着,瞄准镜移到不远处停着的轿车,保镖站在车门等候,车子距离徐子莹的位置很近了,瞄准点又回到徐子莹的心脏,准备射击。

杨怀义虽然看不见狙击手,但可以想象对方的指头已经在扳机上。他汗水冒出来,一脸的紧张和纠结,看着她像极了思齐的双眸,耳边回响着看电影时她说的"你会送我离开吗"。她在暗示什么,送她去美国吗,自己人?

徐子莹突然停下,看了看手表,笑盈盈地望向杨怀义:"时间还早,我们去百乐门喝一杯怎样?"

杨怀义听到"百乐门"三个字,猛然一怔,恍然大悟,那边的狙击枪却已经射出子弹,杨怀义拉了她一下,但子弹已经射进了徐子莹的胸膛。

徐子莹慢慢倒在怀义的怀里,睁大着眼睛看着杨怀义,艰难地吐出几个字:"四哥,我是思齐……"

话还没完,徐子莹就晕了过去。

杨怀义惊呆了,随即是撕肝裂胆的吼叫:"思齐……你挺住,不能死,四哥不允许你死!"

杨怀义泪如雨下,抱起她往车子跑去。鲜血染红了徐子莹的白裙。

保镖和司机举枪往狙击手处射击,狙击手迅速撤离了。

徐子莹躺在病床上,两边排列着各种抢救设备,医生、护士和杨怀义站在床边。

"好在子弹离心脏稍微偏了一点点,否则就没命了,但是她失血过多过久,造成脑缺血,损害了部分大脑皮层功能,何时醒来还说不准,可能会陷入长久昏迷,可能几天就醒,可以多给她一些刺激,多跟她说说话。"医生说。

杨怀义连连点头,感恩戴德地说:"好,好,谢谢!"心想着保住了一条命也是好的。

大家走后,杨怀义在床边坐下来,握着徐子莹的手,端详着她的脸,眼泪再度奔涌而出:"思齐,我真傻——

我真傻——竟然你就在我身边,而且我差点杀了你!"

这样的眼泪,这样的话语,从徐子莹倒下到现在,这场景杨怀义已经不知上演了多少次。

走廊突然响起急促的脚步声,杨怀义赶紧擦干眼泪,佐藤满脸着急地走了进来,门口守着四个全副武装的日本宪兵。

佐藤走到床头,弓下腰,端详着子莹,眼睛红红的,像要流泪:"子莹妹妹,对不起,我们两个做哥哥的没有保护好你!"

杨怀义望着佐藤那红红的眼睛,感觉看起来有点做作。

"明天,我派人把子莹妹妹转到陆军医院去。我要保证她的绝对安全。"

杨怀义有点狐疑地看着佐藤,但没作声。之后,佐藤约杨怀义一起去百乐门喝酒压压惊。

杨怀义心不在焉地喝着酒,眼睛盯着钢琴区,想起子莹在电影院门口说我们去百乐门喝一杯,思齐会是来跟他接头的人吗?杨怀义几乎肯定她就是,她肯定是中共,苏露肯定是她的上级,她们一起除掉了伍冰,然后苏露为了保护她而牺牲,就像第一次来接头的同志,毫不犹豫地对着自己的脑袋开枪,就是要保护他。现在轮到自己保护思齐了。

佐藤一边喝酒,一边死死盯着杨怀义,似乎都想看出他背后的东西。

"越来越看不懂你了啊，曾经，我们无话不说。"佐藤用半开玩笑半认真的口气说。

"是啊，曾经我们无话不说。现在你看不懂我，是因为你对我设防了，我们彼此猜测，彼此试探。"杨怀义回道。

佐藤借着酒劲说："我是信任你的，我对你比对日本人还信任，高捧你，尊敬你。可是，你有瞒着我的事吗？"

"你有什么就直说嘛。"

"好吧，咱俩明人不说暗话。你是重庆的那个隐身人，还是中共？你接近伍冰到底是为什么？"

杨怀义拿出自己惯常的无所谓语气，说："这就是你的预设。你说信任我，却安插一个日本女间谍到我身边，还要说成是中共？我如你所愿。你们想跟我玩，我就陪你们玩，我想看看你们还要浪费多少精力多少招数来对付我，伍冰死了也好，否则你们死的人更多，我正准备下次见她和她领导的时候把他们都毙了，把尸体送给涩谷。哈哈哈……"

佐藤更加尴尬："这都是涩谷干的，他背着我干的，他妒忌你，因为我待他像一只狗，而你，是兄弟。"

杨怀义笑笑："兄弟？兄弟就是直奔我的卧室，验证我是不是在家里？检查我的手臂，验证我是不是受伤？"

佐藤也激动地提高了声量："是涩谷咬定那个接头跑

掉的人是你，我是要证明你的清白！"

"那你证明了吗，可你后来还是不放心！"

佐藤只好缓和了语调，说："怀义，我那是担心你！现在估计除了汪精卫，个个都在对重庆和延安暗送秋波，暗通款曲。别人要怎么样我不在乎，但我担心你，因为你是我的兄弟，你不能背叛我，背叛帝国！"

杨怀义哈哈大笑："如果我是重庆的人、中共的人，你会怎样？"

佐藤严肃说："毙了你！"

杨怀义又笑了："这就是兄弟？！兄弟是可以挡枪、可以给命的，是无论做了什么都会选择原谅！你懂什么叫兄弟吗？"

佐藤也生气怒吼："我佐藤勇信生性孤傲，却把心掏给了你这位敌国的同学，我怎么能原谅你的背叛？"

他转为轻声，凑近盯着杨怀义的眼睛："我就是要绑架你，让你跟我一起浮沉！哈哈哈——"

杨怀义也笑起来："放心，上天堂下地狱，我都会陪着你这个变态！我把儿子都送走了，把自己交给你！"

佐藤端酒举杯："好，我信你！"

两个人随即哈哈大笑，碰杯喝酒。

佐藤现在还不想跟杨怀义翻脸，甚至要哄着他，因为自己现在的目标是徐子莹，他已经基本断定"柳输送"的情报就是徐子莹泄露的，而且她压根不是无意泄密或被收买,她就是美国派到日本的卧底,而且可能就是CIA,这样他也不可能保她了,大本营要求把她送回日本受审,这个时候,千万不能让杨怀义插一脚。

涩谷和马森神色匆匆地来到他身边,低声耳语。佐藤表情大惊,随即又有一丝安慰。

佐藤对杨怀义说:"刚刚,两个小时前,汪政府和平建国军的一个团投奔新四军了。看来这个少将团长史南生才是中共的最大卧底。"

杨怀义笑笑:"我早就说过,和平建国军都不可靠,墙头草。"

"好在之前我给派遣军总司令部参谋长建议,完整的清乡计划在军队只发到中将以上,这个史南生知道的只是部分。"佐藤露出一副很庆幸的表情。

子莹被转院到了陆军医院。

杨怀义、佐藤和医护人员数人把子莹推进病房区。

四个日本宪兵守在门口,给他们敬礼。

杨怀义四处打量,发现这栋楼的一半都没有其他人。

"清场了?子莹待遇这么好?"杨怀义看着佐藤。

佐藤高傲地说:"她是我们的妹妹,我说过要保证她的绝对安全,给她最好的治疗,如果陆军医院没效果,就把她送回日本治疗。"

杨怀义才不相信,这佐藤到底想干什么?一路过去,他的眼睛像雷达一样扫射，竟发现一个房间里还有几个便衣特务，自己认人的本事还是有的。

医生带着护士给子莹做完了检查，说，从目前各项指标的情况看子莹应该不会昏迷太久，要多跟她说话，刺激她。

当医生护士退出后，佐藤也告别，说马上去南京开会，会再找时间来看子莹，并留下了一个叫芳子的护士让她24小时在这里照顾子莹。

"你也要多休息，不要累坏了。有什么事让芳子做。"佐藤拍拍杨怀义的肩膀。

"嗨！"一旁的芳子向杨怀义鞠躬。

佐藤走出病房，在走廊的尽头，突然有一个人从一个房间出来，是涩谷。

"已经全部调试好了。"涩谷报告。

佐藤道："你们一定不能被杨怀义发现，他太聪明了。"

"放心！"

病房里，杨怀义正在想法子打发芳子，她当然也是佐藤派来盯着子莹的，这医院可谓包围重重。

"芳子小姐你先去忙吧，我想单独和我妻子待一会。"

这个理由真是让人无法推却。芳子迟疑了一下，只能无奈地离开。

不远处的一个房间，桌上是监听设备，有两个人正在认真监听，听到这里，他们取下了耳机，可以暂时休息一下。

而病房里杨怀义敏捷地到处检查窃听器，任何一件东西都不放过……终于在输液杆的底部发现了一个，又在床底发现一个。

杨怀义走到窗前望向外面，好家伙，还布了便衣暗哨。

看来子莹真的是暴露了，如果仅仅是怀疑，佐藤不会这样如临大敌。

前两天，他也听到了德日"柳输送"情报被泄露的传闻，海军对于调查权交给陆军联络部非常不满。看来，这应该是子莹干的，不，是思齐，干得真漂亮，连自己也不知道这个情报。

而且佐藤对自己也是不信任的，否则怎么会在房间装窃听器。

杨怀义坐在床前，握着子莹的手，端详着她的脸，默默地说："四哥一定要把你送走！"

29

飓风将至

杨怀义约着杜云峰去樱谷喝酒,请他帮忙把子莹送出上海,说佐藤怀疑她为美国人做事,窃取"柳输送"情报。

之前说过,杜云峰手下那批黄埔军校校友,早已是身在曹营心在汉,就差没起义了。除了乐得走私物资到国共两区大发其财,还乐得干讨好重庆的事,为美国人做事更是觉得无上光荣,所以杨怀义有些不方便的事,就借助他们,彼此谈到某些事,也没那么忌讳。

"好,我来想办法!"杜云峰满口答应。

……

杨怀义和杜云峰不知道有双眼睛已经悄悄地盯着他们,这是一张新面孔,是伍冰的父亲渡边。

回到上海后,渡边在佐藤的手下继续干他的老本行,并发誓要给女儿报仇,他的重点放在了徐子莹和杨怀义身上,徐子莹一直视伍冰为情敌,而且在多个场合威胁她,而杨怀义在两个女人中间暧昧不清,而且他可能在利用伍冰。

此时,在中国东南沿海,中共南方游击队与美国空军展开合作,不仅给他们提供天气、海洋、水文和军事情报,积极营救跳伞受伤的空军伤兵,还动员群众,派出大量人力,赶修美军机场跑道,让中型轰炸机B-24能够在此起飞。

当时美国中型轰炸机的最远飞行距离是两千公里,超过这个距离,飞机就飞不回来了。而目前从美军占领的太平洋的岛屿飞去日本,一去一回都超过了这个距离,所以务必要在中国起飞,于是围绕着东南沿海的机场,日军一直在跟我方争夺。追着杨怀义要猪鬃、桐油的日军第13集团军就在与中国军队争夺闽浙赣的机场地区,中国的"虎部队"和新四军奋勇抗敌,终于保住了机场。

美军中型轰炸机B-24从福建建瓯机场满载起飞,认认真真把炸弹投到日本本土,又不慌不忙回来,日军大本营立刻惊慌失措了。因为,美军不仅有能力随时空袭日本本土,而且,在中国的上空,日军也基本上失去了制空权。

日军大本营和政府举行联席会议,研究新的战争指导方针,一大半着军装的高级将领和几个着西服的政府人员都显得紧张不安。

将领甲说:"我们现在应该收缩战线,要确保以日本西部为中心,两千公里为半径的这个圈里,没有美国的空军基地。"

将领乙马上接过话:"是的,在太平洋战场,我们目前应加强战备,坚持长期战争的策略,形成绝对国防圈。摧毁中国的中美空军基地。"

最终,联席会议决定实施绝对国防圈计划,避免太平洋决战,对中国加大压迫力度,避免来自中国的空袭威胁到日本本土和海上交通线,并伺机寻求解决中国问题。

之后,日军大本营派了两名参谋飞往南京,要中国派遣军总司令部制定具体的作战计划。之前已经多次秘密飞来中国派遣军总司令部的正是他们,其实当时就已经在讨论这个方案了。

在向派遣军总司令部高层传达大本营决议的会议上,多数人都在夸这个计划"奇妙!""高!"。

日本本土空间太小,无法承受强大攻击,而在中国大陆,有广阔的战略空间,较多的战争资源,适合长期作战。

大本营参谋强调,此次中国作战计划的关键,在于能否在战略上迷惑敌人,让敌人搞不清我们的真实意图。我们在战略和战术上要注意有迷惑性和绝对的保密。

杨怀义在病房握着子莹的手,呼唤思齐快快醒来,由于有窃听器,他不敢跟她说真实的话,只能在心里说给她听:

"思齐,我大概知道东京的作战参谋飞南京的意图了,你经常去派遣军总司令部不是也想知道这个情况吗?你快醒来吧,日军要在中国发动一场大战了,可能是前所未有的,大本营从来没有这么重视过……"

盟军方面根据各方情报汇集,也知道日本正在准备一场大战,但究竟在何时何地用何种方式来狂赌,却没有确切情报。

中方认为,日军有可能针对中国的美军机场和第六战区,最怕的是自山西南部出击,经陕西攻入四川,直逼重庆。

美方认为,日军想消灭美国在中国的航空基地是迫在眉睫的,其他的大战应该是在东南亚而不是中国。

英方则认为,近期日本应该会采取防御态势,日军没有能力在中国战场和太平洋战场打大战。中国远征军可以先做一个收复缅甸的具体作战计划。

不管怎么样,搞清日军的战略意图至关重要。

"乃兄"马上给杨怀义发了密电。

30

无法逃脱的战败

日军将有大动作的事,几乎日汪高层都知道。而且日本还不让汪政府军事委员会的人参加,可知此次动作绝非一般,不到开战,连和平建国军高层都不透露一丝消息。

那段时间,大家特别热衷于相互请吃请喝,嘀嘀咕咕地交流,悄悄议论着关系大家命运的飓风何时到来,究竟会有多少级。

杨怀义还是坚持每天晚上先去百乐门销金,再去陪思齐。这么久了,还是没等到接头人,杨怀义更确定这个接头人就是思齐,而且组织肯定也因为思齐的失联更着急。

杨怀义喝着酒,椎崎来了,两人聊着聊着,聊到了佐藤。

海军本来就对由陆军联络部调查"柳输送"泄密案极为不满,他们的人可没少吃苦头,有人要被送回日本军法处置,还顺便牵出了海军的贪腐与走私。

"……这个佐藤真讨厌，阴险小人，把我们的人送回日本受审，却不坐我们海军的船，要乘飞机，好像生怕我们要花招似的，不过后来听说飞机位置不够，又要坐我们的船了。"椎崎发着牢骚。

"位置不够？有多少人啊？"杨怀义知道德国领事馆的安德鲁也回国了，虽然这件事没有对外公开。

"也没多少人，又不是专机！可能有人受了伤吧，要我们在一个船舱里准备两个床和医疗设备的位置。"

杨怀义突然想到子莹，他们是要把子莹送走吧，因为子莹还在昏迷中，所以需要配备床位、器材和医生。

"什么时候？"杨怀义装作不经意地随口一问。

"我都不清楚，这是保密事项，一个兄弟跟我发牢骚咕噜的，你也千万不要对外说。"

"知道……你们好像天天都有船去日本吧？最近的是什么时候，我要带点东西去日本送人。"

"现在不是，最近的船要四天后了，一天前刚刚走了一艘。"

"千万不要告诉别人，是我父亲要送一件古董给老朋友，我到时候跟你约个地方谈。"杨怀义神秘地凑到椎崎耳边。

当然，这天晚上同样有一双眼睛盯着他们，渡边的眼睛。

杨怀义与杜云峰又秘密见面了,即便思齐不醒,也得马上把她送走了。

杜云峰也做好了安排,他们敲定……

而今天居然隔墙有耳,老特务渡边竟在隔壁房间拿个扩音器放在墙上听,断断续续倒听到了不少。

佐藤也经常来看子莹,跟她深情地诉说,还说准备送她去日本治疗,让自己的亲妹妹照顾她云云,搞得比亲兄妹还亲的样子,杨怀义说:"我都吃醋了!"

伍冰事件后,杨怀义完全不相信佐藤了,也不敢轻视他,只能这样跟他逢场作戏,插科打诨。

"你吃什么醋,早点把子莹治好,早点让你们结婚。这样我这个做大哥的就放心了!"

"那我陪她一起去吧,我也很久没去日本了。"杨怀义假装争取。

"不行,你有重要任务,水滴计划还有几项要尽快实施,另外几场大战在即,这火烧眉毛的时刻,你这个情报之王怎么能离开呢!"

"也不差那几天吧,我把她送到马上就回来。……坐什么走?"杨怀义故意问。

"坐飞机,我肯定要为子莹妹妹安排专机……"

"什么时候走?"

"过两天吧,我安排好了通知你。"佐藤说得跟真的一样。

他到时候会安排杨怀义去办事,然后悄悄把子莹送走,现在要先稳住他。

杨怀义没有在别人处太过关注日军最新作战计划,他想从身边的佐藤入手,自己应该有办法套出来。现在办法有了。

杨怀义请示"乃兄"后,重庆那边愿意给佐藤喂一些料。

杨怀义来到佐藤办公室,说有重要情报。佐藤连忙把他引到茶台,一边泡茶,一边迫不及待地问是什么情报。

杨怀义发现茶台的一角上,摆放着毛泽东的两本书,《论持久战》和《抗日游击战争的战略问题》。杨怀义心里一咯噔,看来日军真要把中国据为大后方了。

"给我情报的老K,家族在苏浙有相当大的产业,是我新发展的线人。他本人留学美国,在重庆的美国战时新闻处工作,情报来源应该比较准确。他说美军下一步将攻占马里亚纳群岛,进一步威胁日本本土,同时,中美英将联合反攻缅甸,意大利马上就投降了,德国也艰难……"杨怀义摇着头,把情报递给佐藤。

佐藤看着,眉头紧皱,半响才自言自语地说:"最害怕的终于来了……我要马上向大本营报告这个重要情报。这影响到中国战场的作战计划。如果同时开战,怎么可能有兵力支援太平洋战场和东南亚战场呢？"

杨怀义露出一丝不易觉察的鱼儿上钩的窃喜，故意轻松地说："不用担心，不是还有关东军的精锐部队吗？再说，蒋介石的军队何时打败过皇军？"

佐藤有丝忧虑，"这次不同，还要对付中共的军队呢。"

"不是只打美军空军基地吗？这是什么打法，全面大战？太平洋战场、东南亚战场怎么办？"杨怀义难以置信地看着佐藤。

佐藤头一侧："走，沙盘推演！"

他是真的想徐子莹走后找杨怀义这个战略专家来分析皇军这个最新的中国作战计划了，他内心其实并不太看好，但看好的人占了上风，而且似乎很有道理，所以他真心希望杨怀义给他反证。他需要一个人说服自己，而那个人他希望是杨怀义，因为他的嘴巴又毒又准，他从来不会讨好自己，他希望杨怀义证明那些占上风的观点是成立的，证明他的担心是多余的。

他俩来到另一个房间，进行多年来喜欢做的一个游戏，沙盘推演。

在过去数年的沙盘推演中，事实证明杨怀义基本上都判断准确，所以他对外夸杨怀义是战略分析专家，一方面是发自内心的佩服与骄傲，另一方面，也有一种好友之间的竞争性嫉妒。

佐藤代表日军，杨怀义代表中国军队还有美军、苏军，几个小时过去，杨怀义最终扔下手中的杆子，皱着眉头说："……怎样都逃不脱战败的结局。即使把现在美军在中国的30多个空军基地全摧毁，但它可以转场到新占领的马里亚纳群岛，还是可以轰炸日本本土，而国内守备空虚。想把天皇皇宫搬到中国？"

没想到杨怀义还是坚持这个令人丧气的观点，佐藤恼羞成怒了。他吼起来："那我把陆上全部打通，从满洲国到华北、华东、华南，直到东南亚，把海上给美国。"

杨怀义心里一惊，天哪，这才是那个真正的计划，占领的全是中国的大城市和富庶地区，是父亲最害怕日军采用的战略打法！之前佐藤演示的，主要还是散出风声的第六战区和中共解放区，那是刻意地伪装。

看杨怀义陷入沉默，佐藤得意了："中国地大物博，资源丰富，我们如果占了这么多好地方，为什么不能把决战放在中国？美国来轰炸也不怕！"

杨怀义一下想起佐藤茶台上两本毛泽东的书，看来日本人也效仿中共，做好打游击的准备，遂讥笑道："你以为读读毛泽东的《论持久战》和《抗日游击战争的战略问题》就会打游击了？打得过中共？而且日本本土不要了，让美国炸沉？"

佐藤瞪了他一眼，转为尴尬的笑，他不想再讨论下去了，这是军事机密。

"不用讨论了，我不关心打法，因为不管怎么打，这场战争日本输了，德国也输了。"杨怀义还是那副桀骜不驯、吊儿郎当的模样，而且对这个计划表现得毫不关心，"你父亲我老师佐藤正章先生，去年年底来中国就说，败局已定，应该想如何更好地战败，若杉参谋也说过，还有一些少数清醒的人都在刺杀东条了，你不是不知道吧，但是多数人已经被军国主义狂热冲昏了头脑，被绑架上了一辆没有刹车的战车……雪崩时，没有一片雪花是无辜的。"

杨怀义故意要激怒佐藤，要刺到他的心窝上。

佐藤死硬强撑道："不，大日本帝国必胜！"

"嗤——"杨怀义轻蔑地笑笑。

"所以，你现在想自己上岸？"佐藤盯着杨怀义，像赌红眼的赌徒盯着最后的筹码，什么情报，什么战役，甚至生与死都不重要，重要的是杨怀义到底想干什么，他是不是想抛弃自己，抛弃大日本帝国。

"想跟你一起活！"杨怀义一字一顿，说得很清楚，"冈村宁次早就在跟重庆保持联系了，知道吗？"

"你就是重庆那个隐身人！"佐藤真是要疯了。

"我倒希望我是！我这个贪生怕死之徒，不过惜命而已，这个年头，活着就是胜利。你佐藤不是好胜吗？那么我们一起活下去！"杨怀义狡黠地笑着。

31

蓝色多瑙河

从百乐门出来,杨怀义就来到陆军医院,明天他就准备送子莹离开了。

杨怀义在心里和思齐说了些告别的话,然后像小时候那样揪着她的脸蛋:"子莹,快点醒过来吧,再不醒来,我就喜欢别人了。你不是想跟我结婚吗?!"

他无意中说出的一句话,竟引得徐子莹的手指头轻轻动了动。

杨怀义大喜,没想到对她最有刺激的,是女人的醋意。杨怀义真是又想哭又想笑,赶紧拍着她的脸,持续呼唤:"子莹……子莹……"

徐子莹终于虚弱地缓缓睁开了眼,望着怀义,抿嘴笑了,是一切尽在不言中的那种笑。

"你终于醒了……"杨怀义喜出望外,把她紧紧抱在怀里。

徐子莹轻轻喊了声:"四哥……"

杨怀义马上捂住她的嘴,使了个眼色,说:"你太虚弱了,先不要说话,先躺一会儿……"

杨怀义手指竖在嘴唇上,给她做了个噤声的手势,徐子莹明白了,但她有些懵,疑惑地望着杨怀义。

杨怀义抱着子莹,在她背上敲摩尔斯密码:"你想去百乐门听音乐吗?想听什么?"

徐子莹赶紧在他背上敲着:"《蓝色多瑙河》。"

"这曲《蓝色多瑙河》是你点的吗?"

"是的。先生你也喜欢?"

"是啊,谁不喜欢这象征生命活力的圆舞曲。"

"那你也喜欢跳舞咯?"

杨怀义打出接头暗号的最后一句:"我喜欢看别人跳。"

两人激动得泪流满面,紧紧抱在一起,像跨越了千山万水,经过了几个世纪,在黎明前的黑夜相聚,共同点燃一束光……而对方就是自己的爱人。

徐子莹哭出了声,杨怀义示意她稳住。

"早知道说喜欢别人了你会醒来,我就早说了。"杨怀义打趣道。

徐子莹娇嗔:"你敢!我昏迷了都盯着你的!"

另一个房间,正在监听的特务听到徐子莹醒了,赶紧叫另外一人去报告涩谷。

平复了一会儿情绪，徐子莹马上交代上级的指示。

"组织急需完整的清乡与大扫荡的计划，还有日军在三大战场的作战计划，同时要我们俩组成孤光夜雨小组，电台直通南方局。"

杨怀义大声说："那你得把我盯紧点，打我主意的人太多了。"

徐子莹撒娇："哼，我从鬼门关回来你还说这样的话，我要跟佐藤大哥告状！"

"跟你开玩笑的……不要说话了，养养力气，我抱着你……"

两人继续用摩尔斯密码在彼此背上交流，真是有太多太多的话，太多太多的问题。

何思齐最关心杨怀义是怎么加入中共的，他不是一直反共吗？

杨怀义说是因为她："得到你去世的消息，我的心一下空了。失去你之后，我才想着要走进你的内心世界，去真正感知你，用另一种方式补偿你。我不由自主地读你曾经给我推荐的《共产党宣言》，也读毛泽东的《论持久战》，心中有了对中共的好感。直到1940年，我知悉了蒋介石与日本人的和谈内幕，才下定决心，走进了周公馆。"

子莹激动地流着泪："怀仁见义，见贤思齐，父辈给我们俩取的名字，我们终于是志同道合的同志了。"

杨怀义紧紧抱着她，继续道："国栋不是我的孩子，他的父亲牺牲在抗日战场，他的母亲是军统给我安排的搭档，正好我们两家是世交。我当时跟你断绝了音讯，是因为我被派去日本……"

徐子莹点着头，调皮地用双手揪着怀义的脸。

杨怀义抱着子莹的脸，慢慢地吻上她的额头、鼻子、唇。

两人深情拥吻，眼角都流下了晶莹的泪珠……

杨怀义突然松开子莹，不舍而严肃地看着她："你已经暴露了，我要安排你撤离。"

"他们怀疑我和苏露一伙？"

"现在应该怀疑你是CIA。"

徐子莹大声说："你什么时候给我一个婚礼呀？"目光遗憾却坚定，继续敲出，"那我要留下跟他们周旋，我要跟你一起战斗。佐藤也不信任你了，否则不会装窃听器。"

杨怀义回答："很快！我马上就筹备！"却敲出"你留下会成为我的软肋。你走了，我更有求生的本能。我们都要活到抗战胜利的那一天！而且你有重要任务，要把情报送出去。"

徐子莹哭了："你答应我，你还要娶我呢，不能爽约！"

"不会再瞒着你了，因为你已经成为了一名战士。为了你，我一定要全身而退，我知道怎么跟佐藤斗。"杨怀义坚定地点头。

佐藤听说徐子莹醒了，也匆匆来到医院。

护士把佐藤送来的鲜花插在床头柜上的花瓶里，佐藤夸张地说："谢天谢地你终于醒了，子莹妹妹，大哥希望你的生命从此又像鲜花一样怒放！"

徐子莹说了谢谢，跟佐藤来了个轻轻的拥抱。

一旁的杨怀义对子莹说："你知道你昏迷的这几天，大哥有多着急吗，都想派专机送你去日本治疗了！"

子莹深深低头致谢："就是，大哥对我最好了，谢谢！"

佐藤不好意思地笑笑："怀义对你最好。怀义，你可以给子莹准备婚礼了，我当你们的证婚人！"

三人愉快地聊着，子莹按照杨怀义的意思跟佐藤提出想回家住，佐藤婉拒，说这个病有反复，因为他的人不仅偷听到了杨怀义和杜云峰的部分谈话，还发现杜云峰的心腹这两天借着看病，进出医院，把各个角落都跑了一遍，而且医院附近也出现了新面孔游荡。佐藤认为肯定是杨怀义有所察觉，要通过杜云峰送徐子莹走，自己怎么能让子莹回家，回了杨怀义家，那就更不受控制了。

子莹又按照杨怀义的意思向二位撒娇："你们不带我去百乐门庆祝我重生吗？"

杨怀义惊讶地反问："现在？"

"是啊！我现在精神好极了！"

"不行，过两天吧！"

"大哥，我就想现在去。"子莹又祈求地看着佐藤，但佐藤同样和杨怀义一样说过两天才能陪她去。

佐藤回到办公室马上交代涩谷，可以晚两天等子莹再康复一些，再送她坐飞机回日本。

杨怀义在佐藤走后不久也回家了，子莹醒了，他得调整一下营救计划。

刚回到家，杨怀义就接到椎崎的电话，说去日本的船还要推迟两天，因为物资还没有准备好。

杨怀义匆匆从密道出去，和神秘男见了面。原来，他真正的计划是让神秘男送思齐离开，杜云峰只是障眼法。

神秘男是他父亲在死人堆里救出的人，是他们家的死士，下面还有十多个兄弟，个个身手不凡，还有最先进的武器，像隐身人一样长期蛰伏着，由神秘男领导暗中为杨怀义做一些重要事情，但是跟杨怀义秘密联系的只有神秘男一人。他们已经做好周密部署，埋伏在了医院和附近以及撤离的沿途。杜云峰的弟兄也在这里，先互相配合，抢到人之后，他们负责把人引开，来个金蝉脱壳。

在公开场合，杨怀义讨厌和鄙视打打杀杀，认为那是低级而野蛮的，所以除了保镖，他没有养吃血饭的人，但是自然也有人供他差遣，比如杜云峰的人、杜月笙的人，所以，一有大的动静，大家都盯着那两路人马去了。

涩谷又来给佐藤报告杜云峰那边的情况了，据可靠消息，今天杜云峰缺席了一个重要会议，说是生病了。

佐藤眼睛一亮，渡边听到杨怀义和杜云峰讨论的就是，杜云峰亲自带队去浙东缉私，果然还是杨怀义的风格啊，为了麻痹对手，来个声东击西，同时渡边也报告，杨怀义的管家还大张旗鼓地去和平饭店订婚礼酒席，三木公司也投入很多人筹备婚礼。

佐藤狞笑："婚礼是假，趁乱把他的女人让杜云峰送到第三战区是真。他们也知道没法到医院抢人。"

"是的，次长高见！"涩谷和渡边恭维。

两人走后不久，佐藤接到一个电话，他刷地站得笔直挺立，不停嗨嗨嗨。

这是大本营打来的电话，通知他不用把徐子莹送回日本受审了，而是就地处决，因为徐子莹竟然是中共。

"……不可思议的是这次查到的这个组织里面竟然多数是汪政府、'满洲国'政府高官的孩子、亲戚，其他的孩子都是正在日本留学或刚刚回中国的大学生，年少轻狂，一腔热血被利用，而徐子莹是中共情报战线的优秀特工，她必须死，而且死也要为大东亚共荣作贡献。我们要敲锣打鼓为这位大东亚共荣亲善大使送行，这是多么绝妙的讽刺！哈哈哈——"电话里是阴险的笑声。

……

放下电话，佐藤一下瘫坐在椅子上。

把子莹送回日本受审，再甚者她是CIA，其实在他看来都不是那么严重的事，好像还嗅不到死亡的味道，而这个电话让死神一下降临了，而且将由他来送她上路。他不禁想起三个人月光下结拜的情景，眼眶竟有点潮湿。

他打起精神，给杨怀义去了电话："我们下班去看看子莹吧。"

他就想去看看她，看看那个很快就将逝去的美好生命。

杨怀义怔了一下："你不是昨天才去了吗？"

佐藤也一怔，掩饰说："哦，我晚上刚好在那附近吃个饭，就想顺便去看看吧，否则过几天子莹都该出院了，以后说我这个做大哥的没到医院探望她几次。"

"难怪子莹动不动把你抬出来压我，你对她太好了。"

杨怀义放下电话，马上化装偷偷溜出去给神秘人打电话，他已经敏感地察觉到佐藤的失态。

"都准备好了吗？"

"准备好了。"

"绝对万无一失？"

"绝对万无一失。"

杨怀义走进病房时，佐藤已经先来了两分钟。徐子莹正靠在床头上，接过佐藤手中的鲜花，笑容也如花绽放："你们俩一起来看我，是我最幸福的时刻。"

"这就幸福啊，那你后面更幸福，怀义已经在给你准备婚礼了，出院就结婚。你不是想去百乐门庆祝吗，今天就去！"佐藤兴致极高的样子。

当佐藤知道徐子莹是中共后，突然想到她要去百乐门绝对不是去庆祝那么简单，她应该就是苏露的同伙，苏露接头失败，徐子莹一定要继续苏露的接头。让她去接头，帮自己引出中共大鱼，岂不是绝美之事。

而且，这样看来，那条中共的大鱼，还真不是杨怀义。这样想着，他倒有点可怜杨怀义，这老兄，总是会被女人耍得团团转。

"可以吗？"子莹看着杨怀义。

"当然可以！你佐藤兄都同意了！"杨怀义笑道。

"那我先回家里收拾打扮！"子莹高兴地拍着手。

佐藤尴尬地笑笑，总不能让子莹穿着病号服去百乐门吧："好，我跟怀义做护花使者。"

32

败局已定

百乐门从没因为暗藏在它这里的惊涛骇浪改变一刻醉生梦死的风格，今夜依然如此。

漂亮的女歌星在台上唱着今年最流行的《我要你》："我要你/伴在我身边/厮守着黑夜/直到明天/我要你/伴在我身边/忘去了烦忧/互相慰安/夜长漫漫/人间凄寒/只有你能给我一点温暖……"

佐藤、杨怀义和徐子莹坐在他们最喜欢的那个卡座聊天喝酒。

佐藤感叹："这首歌，可真应景啊……"

话还没说完，徐子莹突然站起身，说："我要去点歌。"

"叫人去吧。"杨怀义想拉她坐下。

子莹坚持要自己去。心知肚明的佐藤看着她，没作声，但心都提到嗓子眼了，紧张地期待着他做情报工作以来所能见到的最大中共卧底现身接头。

徐子莹向钢琴走去。不同的位置立刻有眼睛盯着她。

女歌星已经唱罢一曲,钢琴师开始弹奏美妙的钢琴曲,那是德彪西的《月光》。徐子莹站在钢琴旁边,随着曲子轻轻地晃动身子,摇曳生姿地沉浸了进去。

佐藤看了徐子莹一眼,故意背对她,和怀义碰杯、喝酒。

"子莹喜欢的音乐总是这么如梦如幻,这首钢琴曲叫什么?"

"不知道。"杨怀义显得有点漠然地喝了口酒。

侍应生来到徐子莹身边,递上一杯酒。徐子莹喝了一口,就把杯子放在钢琴上,看了杨怀义一眼,往洗手间方向走去。

杨怀义瞟着徐子莹离开,便举起酒杯,叫佐藤喝酒。

徐子莹眼睛红了,想回头再看一眼怀义,但还是忍住了。她想起她换了裙子出来,杨怀义赞美她抱着她,在她背上敲出的"往洗手间方向走,有个戴眼镜拿玫瑰花的男子接应你,之后你一切听他的"。

正是徐子莹争取的回家收拾打扮的时间和空间,让杨怀义巧妙地完成了情报传递,他不仅将消息传递给了子莹,也让管家通知了神秘男,让佐藤的突然袭击落了空。

两个监视的人见她去洗手间,赶紧跟了过去。他们看着徐子莹和一个男子进了一个房间,疑似接头,就在外面守着,准备一网打尽,抓住这个中共大人物。

徐子莹和男子进去后,直接奔向另一间屋的窗户边。男子悄悄打开窗户,护着她跳出去。外面正好有广告牌的遮挡,男子着地后,又拉着徐子莹下来,钻进车子。那里正好是停车位,停着一排车。

房门外的两个人又等来了两个援兵,四个人用眼睛示意,举枪踢开了门。

转过一个房间,进入里间,映入眼帘的是洞开的窗口和被夜风吹起的窗帘。

看来,一切都是经过了精心的设计与计算。

卡座里的佐藤不停看手表,心神不宁,却故作镇定和杨怀义对饮。

杨怀义假作不知,举杯凑近,借着酒劲与他纠缠:"大哥,你准备送我们什么贺礼呀!"

佐藤只好又打哈哈:"到时候就知道了,肯定给你们惊喜!"

正说着,一个监视的人神色慌张地回到佐藤身边耳语:"子莹小姐逃走了。"

佐藤大惊失色,"唰"地站起身,大叫:"什么?!快追!"

"是!已经在追了!"手下人说完,转身要走。

佐藤拉住他,到旁边不远处耳语:"通知全城戒严,实在不行,可以击毙,但是别打她的脸。"

杨怀义瞪大眼睛，难以置信地看着佐藤。他冲上前，抓着佐藤的衣领，大吼："你要对子莹做什么?!"

"你跟我上车。"佐藤拨开他的手，非常严肃地说。

两个随从马上围上来，帮他们开路。

夜晚的街道上，三辆车往前飞驰，有人不停探出身子，向后面追来的车子射击。徐子莹坐的车在中间，全车人都已经换上了日本军装。

后面几辆车疯狂追赶，前面是四辆摩托，中间是三辆小车，后面是一辆轿车，涩谷坐在第一辆小车上，也探身出来射击。涩谷感到真是窝火，没料到对手这么强悍，都不知道这几辆车是怎么突然出现的，而且武器之好，枪法之准，个个训练有素，这可不是土共，前面摩托车上的人很快全部被放倒了。他们还想抓来接头的大鱼，没想到对方是来接应的，反倒把他们搞得措手不及。

之前佐藤放下给杨怀义的电话后就和渡边、涩谷、马森做了分析研判，认为子莹今晚逃跑的可能性不大：其一，今天的行动是临时起意，对方来不及做出安排；其二，杜云峰的人去了苏州执行任务；其三，根据他们之前的分析杨怀义应该是安排的婚礼那天逃走。虽然如此，他们还是做了常规性部署和预案，并且一直盯着杜云峰的人，也盯着百乐门里里外外，都没有发现异动。

突然，前面一栋楼上出现了狙击手，正在瞄准追兵的车，一个个比对目标。涩谷进了瞄准镜，狙击手脑海里闪出涩谷的照片，伴随着一个声音"涩谷必须死！"他断然扣动扳机，一枪下去，涩谷被打爆了脑袋，狙击手旁边的人马上往这辆车扔下一颗手雷，待狙击手又找到马森，一枪下去，马森却躲开了。

佐藤的车上，佐藤和杨怀义并排坐在后排，杨怀义掏出枪对着佐藤怒吼："说呀！这到底是怎么回事？"

坐在驾驶和副驾驶的佐藤的随从也马上用枪对着杨怀义。

佐藤一把夺过杨怀义手中的枪扔出窗外，愤愤地指着杨怀义："你居然拿枪指着我的脑袋！我是你兄弟！"

"她是我的女人，是你妹妹！"

"她是中共，你知道吗？！"佐藤有点委屈地吼，"大本营向我下达了斩杀令，她必须死，我们谁都救不了她！我能做的就是让她死得更有尊严！我还能怎样？！"

"大本营？没有弄错吗？"

"没有！"

杨怀义摇着头，难以置信地望着佐藤，完全蒙住了。

佐藤看着杨怀义，声音有些沉重："她跑不了了，所有的交通要道、车站码头港口，都布下了我们的天罗地网，追兵也马上就到……我俩去送送她吧——"

"你混蛋！"杨怀义一拳砸向佐藤的脸，"我要救她，我不管她是不是中共!"

佐藤擦了擦嘴角流出的血,没有回击,并示意前面的自己人放下枪。

拐过几条街后,护送徐子莹的车还在和后面的车零零星星交火,虽然敌人人数众多,但这边又是狙击手,又是手雷,后面的追兵已经只剩马森那辆小车和大车上不到一半的人,这边也损失过半。

但是,佐藤预案中的大部队追兵正在赶来,渡边也带了一队人马,而且各个路口都在设卡点。

眼看,渡边的人马追上来了,子莹扭头看到后面远远出现的追兵面色沉重,不由把手中的枪上了膛,如果到那一步,她会毫不犹豫地像苏露、像咖啡馆门前的同志一样对着自己开枪,只是遗憾与四哥相认就是诀别,但是她已经很满足了,四哥竟然也是同志,自己可以含笑九泉了。

神秘男安慰徐子莹不要着急,马上就进入密道了,也要送后面的人上西天了。

徐子莹他们拐进了一个巷子,后面的车也跟了进来。有辆车突然斜插进来,停在路中间,待徐子莹他们的车一一过去,路边藏着的两个人便现了身,那正是之前的狙击手和助手。

他们观察着追来的车,待后面的车靠近到合适的距离,向停在路中间的车扔出炸药包,这辆车瞬间爆炸燃烧，车内后排依稀可见一男一女的身影。

靠近爆炸车的两辆追击车也受到波及，顿时火光四射、烟雾弥漫，死的死，伤的伤，没死的都被躲在暗处的狙击手和助手一一解决掉，马森最终还是没有躲过。

狙击手和助手刚撤离现场，渡边的人马到了跟前，他在车上已经大致看到了前面的情况，真是恨不得飞过去。渡边取下帽子，向天皇的勇士们致哀。

佐藤的车到了巷子外面，他茫然地看着巷子里面的情景，完全没想到徐子莹能搞出这么大的场面，好像有一支正规的小型部队在接应。这难道不是杨怀义的杰作？他扭头看着杨怀义。

坐在前面的佐藤的随从想下车看情况，刚用手推车门，只听杨怀义重重咳嗽两声，一颗子弹从侧后面射进了随从的太阳穴。

原来，汽车后备箱里还藏着一个人。

随即，一颗子弹又射进了司机的脖子。

眨眼之间，佐藤成了孤家寡人。

佐藤拔枪对着杨怀义，不想同一时间，杨怀义也从座位下拿出一把枪对着他。

佐藤哈哈大笑，笑出眼泪，没想到他们俩就是这样拔枪相向了。

"竟然是你！我千算万算却低估了你！这些都是你的杰作？"他指着眼前以及远处的"战场"，情绪开始失控，

"你厉害，你竟然养了一支队伍！还说讨厌打打杀杀！"

"曾经，我杨怀义连个女人都保护不了，那是我一辈子的耻辱！所以我这次一定要保护好子莹！我警告过你，不要动她，不要怪我不讲兄弟情分。"杨怀义也怒吼。

"恐怕不单是你的女人吧，你们是同志！你就是去跟苏露接头的人，子莹掩护了你！对吧？你跟我装玩世不恭，装苟且偷生，装纨绔子弟，你这一切都是忍辱负重，为了你的国家民族，从你再度到日本留学就学越王勾践卧薪尝胆是吧？"

"1935年，你父亲来华想与我父亲见面，当时正值排日，我父亲还是请他吃饭，并约定不谈一切政治问题。但1937年大战打响，我父亲坚定支持抗战，没有追随汪精卫。民族大义在我们家不是选择项，是唯一项。"杨怀义一脸正气凛然。

"好吧，我们都为了自己的国家民族。可你父亲是坚定的反共派，你也是，我不明白，为什么那么多汪政府、'满洲国'高官的孩子要做中共，为什么如此优秀如此富贵的你、子莹要做中共？你告诉我为什么！"佐藤激动而不解地问。

"这也是我想要的答案。等以后见到子莹，我一定帮你问她！"杨怀义微笑着说。

佐藤得意地说："可惜你见不到她了。她逃不出上海，一只苍蝇都飞不出去。你也逃不掉的，你看那都是我的人,而且还有人很快就到。我说过,如果你背叛了我,我不会让你看到胜利的那一天。"

"我也跟你说过,我要你跟我一起活。你不是喜欢赢吗,活着才是赢。"杨怀义指着窗外那辆被炸毁的车,"告诉你吧,徐子莹已经被炸死了,还有跟她在一起的涩谷,这是我作为好兄弟送给你的厚礼。你可以向大本营邀功了,在这场反间谍行动中,你居然挖出了又一个中西功一样的人物。"

佐藤想了想,垂下举枪的手,无限悲怆地闭上了眼睛。

他别无选择,要么大家一起死,要么接受杨怀义的厚礼,这样还可以保住佐藤家族的荣誉。不管怎么样,自己都是输家,而且输给了自己认为什么都不如他的花花公子杨怀义。

后面的追兵赶到了,摩托车、轿车,也有大卡车,浩浩荡荡……

佐藤下车了,杨怀义也跟着他下了车。渡边等人正在勘测现场。

车里的男人女人被炸得面目全非,女人手上有PPK镶钻小手枪,佐藤拿过那把手枪,证实是自己送给徐子莹的。而男人脖子上有用子弹做成的吊坠,还有配枪,都确实是涩谷的。

其实,这个男人就是涩谷,是狙击手和他的助手把涩谷的尸体搬到了这个车上,而跟涩谷一起出发的人都成了死人，无法开口说话了，这辆车也是偷的陆军联络处的车，炸弹也是陆军联络部的。剩下的故事，佐藤随便怎么编都行，杨怀义知道这是他的强项。

"一直在找中共卧底，没想到是他！隐藏得太好了，如果不是要救徐子莹，他还不会暴露。"佐藤咬牙切齿地说。

渡边狐疑地看着佐藤，也看着眼前这一切……这真是一个谜。

夜色中的码头十分静谧，几艘日本船舶停靠在那里。一个日军军官站在岸边，正是琉球人平川。

身穿日本海军军服的神秘男和徐子莹走过来，神秘男提着一个箱子，里面有杨怀义为子莹准备的微型发报机和手雷手枪等，会保证思齐与组织的联系畅通，神秘男也会一直护送子莹到苏北根据地再返回。

他们和平川会合，一起走向军舰。

徐子莹说："平川君，谢谢你！"

平川幽默回复："别客气，虽然有个日本名字，但我是琉球人，是华裔。"

黄浦江边的另一段，能看到不远处一排码头的地方，杨怀义和佐藤彼此隔着一米左右的距离，面对江水站着。对岸是外滩美丽的灯火，背后十几米停着一辆车。之前藏在后备箱的那个男人拿着枪，站在车旁，盯着佐藤。

"你看，外滩的灯火多美呀！我们很少这样瞭望夜空，吹着江风了，可惜没有酒。"

佐藤对着杨怀义哼哼："你拉我到这里来是欣赏风景的吗？是把我做人质吧！你在担心，担心子莹逃不出我布下的天罗地网。"

杨怀义淡淡笑笑，但看得出有些忐忑不安。他转头看着江面，开始吟诗。

"一道残阳铺水中，半江瑟瑟半江红。可怜九月初三夜，露似真珠月似弓。"

佐藤得意笑起来："你在紧张！你一紧张就会吟诗，哈哈哈，知你莫如我。今天晚上，子莹唯一可以逃走的通道，是那艘为皇室运文物的免检的船，哈哈哈，但是我已经……"佐藤故意不说完。其实他是不想让杨怀义得意，他现在想起来了，但是迟了。

杨怀义惊了一下，但还是装作镇定，继续吟道："江天一色无纤尘，皎皎空中孤月轮。江畔何人初见月？江月何年初照人……"

佐藤沉不住气了，拿出枪，往天上开了一枪，然后指着怀义："不许背诗了，只有你们中国人才有文化吗？回答我，是吗，子莹上了那艘船？！"

杨怀义不作声，看着远方。这时，远方的天空升起一颗红色的信号弹。

杨怀义和佐藤都看着那信号弹。这正是杨怀义与护送人的约定：安全了就发红色，有危险就发绿色，如果是绿色，他会挟持佐藤去营救，杜云峰有支人马也在附近，会直接起义。

杨怀义轻松起来，他的思齐，还有思齐带着的一号作战计划、清乡计划、大扫荡计划，全都顺利出了上海。

"行路难，行路难，多歧路，今安在？长风破浪会有时，直挂云帆济沧海。"他又吟起诗来，然后转身，笑对佐藤，"佐藤，我还要教你读诗、舞剑、醉酒。"

佐藤气急败坏，用枪指着杨怀义："没有以后！我要毙了你！"

"你看，外滩多美，东京湾跟这里一样美丽，我喜欢上海，也喜欢东京，可是东京正在被轰炸，正在生灵涂炭，日本每一个城市、港口都将被轰炸，直至被夷为平地。你知道，所谓绝对国防圈根本防不住什么。你真的想让一亿日本人玉碎吗？"杨怀义根本不理会他，他了解佐藤，如果他要开枪，根本不会先说我要毙了你，在他的大部队赶来勘查现场的时候他就开枪了。佐藤就像一头不甘心失败而嗷嗷发泄的困兽。

"不！"佐藤强硬地吼着，举着枪的手在发抖。

"你是军人，军人的使命是保家卫国。你要守候自己的家园，使日本和日本人民避免毁灭性的灾难。我希望你像老师一样，做个清醒者。败局已定，你应该想如何更好地战败。"杨怀义还在微笑着教育他。

"不——不——"佐藤愤怒地把枪举向天空连开两枪。

尾 声

两个月后，思齐抵达了心中的圣地延安，为人民创作，为抗战而歌。

佐藤回到了日本大本营，与若杉参谋等交往甚密，并于次年参与刺杀东条英机的行动。

杨怀义继续战斗在汪伪政府，孤光自照、肝胆冰雪，直到抗战胜利。

日本宣布无条件投降时，中国已经坚持了14年抗战，伤亡合计3500万人，拖住日本60%的兵力，为世界反法西斯战争胜利作出了巨大贡献。

而战斗在隐蔽战线的中共情报英雄们更是厥功至伟。